ビースト・ゲート

『獣《けもの》たちの開拓者《かいたくしゃ》』

米村貴裕

イラスト／まだらお

みらいパブリッシング

プロローグ

カラフルな民族衣装を着込んだ少年が、緑一色の大空のなか、より濃い色のウロコを揺らして輝かす、この身「ドラゴン」へ早口でまくし立ててくる。続けて腕ほどのブッシュナイフを抜くのが見えた。

「僕がキミの背中を護《まも》るから！　キミは存分《ぞんぶん》に……」

「ダメだ。こんな数では包囲網を、生きては出られないだろう」

「ドラゴン」が野太い声で応じた途端、その鎌首を躊躇《ちゅうちょ》なく、もたげることになった。ズブリと、にぶい音が広がる。「ドラゴン」の澄んだ緑色の瞳に鉄ヤリが突き刺さった！

「ぐっ、ぐぅぅぅ！」

自らを盾と化し、だけどこらえ切れない、うめき声がもれ出てしまう。

「ぼ、僕を護《まも》ってくれたね。で、でも……」

「気にするな！　そなたのためなら瞳のひとつやふたつ、くれてやる」

声を高ぶらせた「ドラゴン」は気丈に体勢を保ち、背中の少年は宝物のように護《まも》られることとなった。真の強さとは、こういうもの。真のきずなとは、どうあっても断ち切れぬもの。

「ねぇ、ここは海の上だよ。海の中に飛び込んで逃げよう！」

「ドラゴンは息ができなくなる水中へ、長い間はいられんのだ。水浴び程度ならいいが、絶対的なタブーとされている！　されど、そなたを逃がすには……」

一瞬、迷ったドラゴンだったが呼吸のとまる、しかもタブーである水中への突入を決めた。この少年だけは、どうあっても護《まも》りたい……。しかし〝力〟の秘密を手に入れている「人間」連中は勝どきをあげた。

「秘密さえわかれば、おまえは用済みだ。おい小僧。死にたくなけりゃ……」

「断る！」

小汚い「人間」の言うことなど、最後まで聞かなくてもわかる。「友達」を人身御供《ひとみごくう》にするつもりはない！「ドラゴン」と少年はお互いにうなずきかけると、心底優しく想い合った。大丈夫。きっと救いの道は拓《ひら》かれる――。

そのままふたりは覚悟を決め、「ドラゴン」は水中への突入体勢に入った。少年はブッシュナイフをかざすと……。

ビースト・ゲート
『獣たちの開拓者《かいたくしゃ》』もくじ

イラスト／まだらお

第一章

夢のコンバート・エメラルド

1

七色空間

「ごほっ、ごほっげほっ！」

明るいドーム状の部屋で子供たちに囲まれていた、紺のローブ姿の老人が苦しそうに息をもらし、その場へ崩れ伏した。当時の自分は、事の重大さにも気づかず、ほかの子供たちと一緒に伏した老人の体をゆすっていた。

「ねぇ、続きは？　少年とドラゴンはどうなっちゃうの？」

「ドラゴンの〝力〟ってなに？　あたし、ドラゴンに会いたい。姿をよく見たいの」

「空の色は青色だよ。緑色って本当？　変なの」

どうにか老人が片ヒジを使って身を起こし、「今日はここまで」と、つらそうに終わりを告げた。

けれど子供たちの質問には答えてくれた。少年とドラゴンのきずなは固い。いつか必ずやドラゴンに会える日が来る。多くの世界のうち、緑色の空を持つ世界こそドラゴンの住まう国だと……。

「お空も緑なんて、きっとジャングルだらけの世界よね」

「ふ……、ふふ、それはどうかな？」

どうにか身を落ち着かせていく老人。いわくこのお話は、まだ天と地、人間の住む地、魑魅《ちみ》魍魎《もうりょう》の住まう地の境すら定まらないほど、古い時代のもので「ファンタジー」だという。

しかし当時の自分、桜橋聖竜《さくらばしせいりゅう》は単なるファンタジーだとは思いたくなかった。いいや、さっぱり思えなくって、老人に食い下がった記憶が残る。

「ドラゴンは居たんでしょう？」

「ごほっ、げほっ。そ、そうだな。ドラゴンは居るぞ。今もほら、おまえさんの隣にな」と、むせびながら告げる老人の言葉は、駄々っ子を静めるためのウソだろうか？

ううん、違うはず。自分の名前の由来は、まだ会えない両親の、半ば「遺言」としてショッキングに記憶されていた。

謎めく〝力〟の秘密を知っているドラゴン・竜のように、たくましく強くという意味。そして〝力〟に恐れたのか人間に悪魔の使いとされたらしいドラゴン。それは間違いだと示すため「聖」の文字がつけられた。これでこの僕、この身の名前は「聖竜」となった。

「あの……、おじいさん。僕は聖竜だよ。きっと竜なんだよ。今も竜が居るんでしょう？　だから〝力〟って何か、知っとかないと、僕、落ちこぼれ竜になるんだよ」

あのとき自分が訴えかけた言葉は、鮮明に覚えている。まだ小さかった子供にしては、ませた言い分だったと思う。ただ思ったこと、感じたことは心の中にしまっていても世の中、そんなに自分のことを気にしてくれていないと、のちのちわかった。

「ふふふ」

こんな、ちょっとした勇気が今につながる道すじになるなんて、人生つくづく変化していくものだと、苦笑いしてしまう。発想力も、シンプルながら子供のほうが豊かかもしれない。

「落ちこぼれ竜」……か。

言葉を受けた老人も苦しそうな身をおし、こちらの頭をぐいぐいなでてくれたもの。

「む、聖竜くんは賢い子だ。でもな、ドラゴンが怖くはないのかね？」

「怖い？　どうして？　出会ったらびっくりしちゃうかもしれないけど、友達にもなれるんでしょう」と老人の言葉の裏に隠された問いかけに、感づくほどの知恵は、まだなかった。ほかの子供たちも「わたしも友達になりたい！」とか、あれこれ騒ぎ出した。

ローブをまとう老人は、ドラゴンの姿や、お話からわかる大きさが「怖いか」と訊《き》いたのではない。

この世界から追放されたという〝力〟、それを知るのに恐れはないのか？　……とのことだったのだろう。今だからわかることで当時の自分はこう。

「うん。怖くない！　絶対、ドラゴンさんと出会って、僕、助けるから」

老人の言葉とお話がごっちゃになっていたけれど、なんの疑いも、ためらいもなく首を縦に振ったことだけは、よく覚えている。ようやく身を起こした老人は、しばらくこちらの瞳をジッと見つめていた。自分も相手をジッと見つめ返した。

すると老人のしゃがれ声が、脅かすようにあらぶる。

「人類もとうとう不老不死には、なれんかった。わしも……準備はしておこう。聖竜くん、君にこれを……」

「わぁ、きれい。これってエメラルド？　でも見た目よりずっと重たいや」

聖竜の手に握らされたのは半透明で、ひし形をした、お話に出てきたような緑色の大きな宝石だった。まさしく、エメラルドの一種だといわれ、現在の自分はわかっているのだが、エメラルドはレーザー光線を生みだす素材のひとつ。

光を屈折《くっせつ》で増幅させ……つまりエメラルドは「光」を扱う、ちょっとしたプロフェッショナルなのだ。

「聖竜くんにこれを託そう。わしのようにドラゴンを後世へ引き継ぐため、大切に扱ってほしい。コンバート・エメラルドじゃ。これはこの世で最後の……いや、それはいい」

「は、はい！」

なんだか、かしこまって返事をした当時の自分だった。しかし、このときすでに、目の前の老人がこの「コンバート・エメラルド」を使ってドラゴンと会う、少なくとも〝見たことがある〟と、幼心に気づいていた。

……僕は、きっとあの少年と片目にされたドラゴンを助けてみせるんだ！　あんなふうに、いたわり合える関係になるんだ！

この想いが、人生のスタート地点になったといっても過言ではない。悲しいことに老人は、これで役目を遂げてしまったのか、お話の先を聞く機会がなかった。だから聖竜は自力でドラゴンに関する文献や、お話を探していった。

聖竜は幼少期から少年期へ、歳月は流れ、どんどん成長していく。そのかたわらにはいつもコンバート・エメラルドが、聖龍を見守るように置かれていた。

ときには月面に建造された、劣化の少ない地球博物館のライブラリ・コンピュータへ、小細工し「侵入」してまで情報を追い求めた。「侵入」のため、聖竜がどれほど現在の技術について、学び、体得していったかは言うまでもない。

ドラゴンたちは〝力〟のため、本当にこの世から追放されてしまったのか――？

「落ちこぼれ竜」と言ったのは物心がつく前。聖竜だって普通の人間には違いない。たまには心が折れそうになることだってある。そんなときは、脳裏《のうり》に焼き付いている老人の「ドラゴンは、今も隣に居る」との妄言《もうげん》だとは感じられない言葉を思い出し、再び開拓精神のパワーを蓄えていった。

……僕は、ドラゴンと友達になるんだから！

「そうか。電気や熱、爆発のようなエネルギーは光と関係があるのか！　粒子性と関係あるのかな。波動性と関係あるのかな？」

天才物理学者アインシュタインが遺した、有名な方程式を知り、もう一歩進んで電磁気、えっと、まとめていえば「電波」と光とエネルギーの仮説だけれども、方程式を学びとったとき聖竜の頭に、後光《ごこう》が射し込んだ気がした。

「やはり……あのとき、実際に僕の隣に居たんだ！」と講義室の机をパンと叩く。

「はいはい。あのね、今も、隣に居るのは、あたしよっ！」

「ん、あ……そ、そだね」

〝大和撫子《やまとなでしこ》〟と目される顔をぷっと膨らませたのは、まさに「隣」同士でキャンパス内を歩く内田光香《うちだひかり》だった。聖竜のラフな無頓着ファッションと違い、光香《ひかり》は淡いブルーの可憐《かれん》なドレス風ワンピース姿、最新ファッションだ。

美女と細め野獣カップルと揶揄され、小バカにされているものの、名前の特殊さ、彼女は「光香《ひかり》」と書いて「ひかり」と読む。しかも幼馴染だったうえ、そこから話が生まれ、仲良くなっていた。

聖竜が「方程式」の光香《ひかり》にゾッコン（古代語？）であり、彼女にも謎があると見込んでいる点は内緒だ。

もうひとつ。光香《ひかり》は「数学・数式のスペシャリスト」の異名を持つ。これは聖竜と違い天賦《てんぷ》の才《さい》で、ノイマン型コンピュータが何十年とかかるだろう物理方程式も、暗算で解いてしまう「ときがある」のだ。もちろんダメなときも多いけれど。

これぞ似た者同士の変わり種というか、たまに人知れず行方がわからなくなるのが玉《たま》に瑕《きず》だった。この身は、光香《ひかり》が独りで姿をくらますことに、嫉妬心を抱いているのかもしれない。

やがて一歩、一歩、時は着実に前へ進み、聖竜青年は、いっぱしの社会人にまで成長した。

むろん幼少時からの夢は忘れずライフワークとなろう研究のため、非常勤という立場を利用し、郊外にログハウス仕立ての個人研究所を開設している。

昔からの謎なのだが、資金となる電子マネーはいつも就労収入以上の額が振り込まれていた。

しかしそれを気にするヒマは、聖竜にはない。へき地の個人研究所で学生の時分から一口乗ってくれていた光香《ひかり》とともに、聖竜は高エネルギー分野の実験準備を整えているからだ。

「ねえ聖竜？　わたしのパパに頼めば、電源車くらい手配できるわよ」

「いいや、万一僕の仮説が当たっていたら外部に情報がもれるのはマズイ。それに核融合炉《かくゆうごうろ》並みの電源が必要なんだよ。……君の気持ちだけ、ね」

「科学的にキョヒるわりには随分アナログなこと、してるじゃない」と、半ばあきれた様子で聖竜を見る光香《ひかり》だった。機材でごった返す個人研究所のなか、準備を終えた聖竜は黙々と「テルテル坊主《ぼうず》」を逆さづりにしている。つまり嵐を呼ぼうと奮闘している真っ最中……。

「あー、あたし、帰ろうかな。それ、どんな理論の産物なの？」

「仮説的な理論」

「こんなに〃おめでたい〃人、初めてだわ」

光香《ひかり》がため息をついた瞬間だった。へき地に爆発音さながらの音が鳴り響いた。

「ほーらほらやったぞ、青天《せいてん》の霹靂《へきれき》だ！」

そう、ラフな格好をますます乱す聖竜が、待ちこがれた嵐の前触れだった。

目を輝かせた聖竜が長い長い鉄芯を伸ばすボタンをタッチした途端、光香《ひかり》の顔が青ざめた。本気？　……とワクワク感が入り混じったような面持《おもも》ちだ。

まさしく聖竜が造ったシステムのエネルギー源は、雷なのだ。整流装置も雷のパワーに耐えられる設計だ。

「……なにも問題ない」

「あるわよ！　〃想定外〃が起きて爆発でもしたら、死んじゃうわよ！」

「僕が……これまで仮説を間違えたこと、あった？　現に、テルテル坊主《ぼうず》の仮説だって当たってだな……」

「もういいもういい。死んだら現代のベンジャミン・フランクリンとして名を残してね」

美顔を崩す光香《ひかり》だったが、立ち去ろうとはしない。この身の「七色空間仮説」が確かならば、アインシュタインの方程式にある「c」つまり光の速度に相当するエネルギーを、コンバート・エメラルドに与えられる。

重さ、体重、なんでもいい。これら質量を電磁波のようなエネルギーにコンバートできれば、光香《ひかり》の特殊な計算上、緑色を世界の基本周波数《しゅうはすう》とした空間へ、ゲート（門）ができるはずなのだ。同じ地球上にある異世界へのゲートだ。

そのとき計測機器を扱い、ゲートの特性と仮説段階の方程式との〝暗算〟比較が光香《ひかり》の役目となっている。彼女は首を振りながらも、役目をまっとうしようとしてくれていた。

「光香《ひかり》？　ゲートの先が緑色でも、波長《はちょう》が計算式と合っているか、忘れずに！」

「はいはい。わかってるわかってる」とはどこまでもクールな振る舞いの光香《ひかり》だ。時折激論を交えるがテンションＭＡＸの聖竜と、現在は距離がある。赤、青、緑——。

この世界の空が基本的には青色なのは、水のせいとか光の波長《はちょう》がとか説明されているけれど、聖竜の「七色空間仮説」では違う。

世界が青いのは、透明で三角形をしたプリズムに光を当てると虹色に分光《ぶんこう》（光が赤色から緑、青、紫色へ分かれること）する中の「青色の波長《はちょう》」を空間自体が持っているからなのだ。

当然、七つの色に対して最高で七つの世界が存在することになる。光の三原色だとしても赤・緑・青色の世界だ。「ドラゴンの友達」は、おとぎ話で聞いた「緑色がベース」の世界に移住したのに違いない！

実際に、たかが光であってもプリズムを使わないと、独立してそれぞれを〝見る〟ことはできない。同じ場所に、同時に存在しているのに、分光《ぶんこう》するような仮説に従わないと複数の世界に分かれないのだ。

パラ、パラ……ザ、ザザザザザ。

願いどおり、一帯がゲリラ豪雨となってきた。人間の努力もむなしく、地球が温暖化してしまった現在、異常気象は当たり前の出来事になりつつある。急激に雨音が激しくなってきた直後だった。

轟音《ごうおん》が響きわたり、個人研究所のいくつかのＬＥＤランプが予期せぬ破裂をした。連鎖反応がすぐさまスタートする。向きを調整したはずのコンバート・エメラルドからレーザー光線のような、未知なるエネルギー・ビームの鮮烈な光が、観測していた聖竜たちへ襲いかかってきたのだ！

光香《ひかり》は間一髪《かんいっぱつ》、よけた。しかし自分は……。

「しまった！」との叫び声も、声として音になっているのかさえ未踏《みとう》な状態へ、意識も体も変化させられてしまう。そしてパンドラの箱を開けるかのごとく、とんでもない光景がいきなり、心だけ瞬間移動でもしたかのごとく見てとれるようになった。

この身は天空《てんくう》の神さながら、大地を見下ろす格好であり、そこには数多く列をなした――。

（あ、あれは……ド、ドラゴンだ！　と、とうとう、僕は――）

そのとおり相手であるドラゴンたちは、伝記伝承、さまざまなもので見た姿そのままだ。驚きと同時に、感激の涙がちらっとこぼれたものの、体は幽霊、いいや、エネルギー体さながらの状態なようで、五感から直《じか》に伝わってくるものはない。

数多い相手は地球に住まう、どんなワニよりも獰猛《どうもう》な顔つきながら、輪郭《りんかく》は流れるように、なめらかだ。細長い顔には緑色の瞳があり、覇王《はおう》さながら強い光輝を放っていた。

ウロコの体表は、ただでさえ硬そうなのに、頭部や腕、腹などの要所に金属っぽい武装をしている。しなる長い首から下の体は、小型反重力航空機を連想させ、背に生えたワイドな翼《つばさ》は三角状になり、厚く優美に見えた。

そして胴体には、北極にある氷柱なみの太い四肢《しし》が伸び、末端ではトゲが見え隠れする尾がうごめく大蛇と化している。伝説とされる生き物、ドラゴンとの違いは、軽く武装をしていたり、ウロコの荒っぽさが違っていたりする点。

巨体を覆うウロコが想像より、つややかな金属光沢《こうたく》なのだ。また、姿もどこかしら引き締まっていてシャープだ。ずんぐりむっくりとは、していない。

翼《つばさ》を振るって飛翔《ひしょう》するドラゴンたちの下には褐色の大地が広がり、明らかに自然の造形物ではない大小の起伏があった。なにより重要視していた空の色は……、あの老人のおとぎ話どおり、ほのかに緑色をしている——。

「波長《はちょう》、方程式とほぼ一致してるわ！」

まくし立てる光香《ひかり》の声が耳に入り、聖竜はいつもどおり、隣を見やったが彼女の姿はない。彼女は個人研究所から、こちらの世界へ飛ばされず、かつ驚嘆すべき光景を一緒に見ているのだろう。

こう考える聖竜だったが、さらにひとつ、おとぎ話と違う点を察した。ドラゴンが強面《こわもて》なのは当然だけど、それ以上に近寄りがたい、とても「友達」になれそうな雰囲気の表情をしていない点……だ。苦渋《くじゅう》というか憎しみの鬼というか。

そのうえ人間の「友達」たる姿も、どこにも見当たらない……。

ましてや軍隊そっくりに武装し、攻撃前の隊列に似ているのも、いただけない。ドラゴンの中には自身の首の長さを超えるほどの、サーベルを手にしている者もいた。

聞き耳を立てる聖竜は、ざわつくドラゴンたちから言葉の部分、部分を受け、絶句してしまう。

「あの電子化世界は」

「何も知らぬ人間どもにとって、我々――」

これが本当にドラゴンたちの声なら、二重に驚きだ。広大な淡い緑色の空を、覆いつくすほどのドラゴンたちは単語だけで判断すると、青色ベース、つまり人間の世界、電子化された現代世界へ「侵攻《しんこう》」しようと、隊列をなしている！

さらに独自の言語ではなく、日本語を口にしている。独立している色の世界と考えたけれど、どこかで共通する部分を持つ、相関関係があるのかもしれない。

ふと聖竜がドラゴンの大部隊の向こう側、地平線近くに目をやると、明らかに富士山のシルエットが見てとれた。構造物こそ現代と違うものの、ここは空間の波長《はちょう》が違う、もうひとつの日本なのだ！

このまま友達になるどころか、侵略されて刃《やいば》を交わらせることになるのか――？

（しょ、証拠をホログラム録画しておいてから……）

聖竜が秘書型端末をかかげたとき、全身に静電気のような刺激が走りぬけた。

「うぐっ！」

すると緑色の空に固定されていた、自身の体が重力に従い、見る見る落ち始める！

「エ、エネルギー体から、いよいよこの身が実体化したんだ！　ひ、光香《ひかり》、システムをオフラインにして！　切って！　あぁ、だ、誰か……！」

「聖竜……。ま、待って、い、い、今……あぁぁぁ！」との声も遠くへ離れていく。

混乱状態は変わらず、褐色の大地へ叩きつけられるのは時間の問題だった。子供のときからずっとずっと追い求めてきた夢。それがあと一歩のところで水疱《すいほう》と帰《き》してしまう。だ、誰か……、神さま、どうかせめて一時間だけでも――！

グイッ、ガシリ！

突然、体の落下は止まったが、鬼の形相《ぎょうそう》をした一頭のドラゴンに、全身をわしづかみにされただけだった。大きなウロコのいかつい手は、聖竜の体の関節がパキパキ鳴るほどに強く、情け容赦《ようしゃ》のない握り方をしてくる。こ、こんな出会いのはずでは……な、なかった。

「い、痛い痛いっ！　ド、ドラゴン……さん？」

武装したドラゴンは牙の並ぶ大口を開け、生ぬるい息と野太い声とを投げつけてきた。とても野性味あふれる臭いが漂う。

「隔離《かくり》したはずの人間がなぜこんなところにいる？　答えろ」

「か……隔離《かくり》？」とあまりに強く握られているので、声をしぼり出すので精一杯だった。こんな言葉ひとつからでも、いろんなことがわかる。緑色ベースの世界に、おとぎ話のように人間が共存していること。

しかし、加減知らずな体のつかみ方を見ても、共存共栄《きょうぞんきょうえい》どころか、よもや人間は過去の世界大戦のように、捕虜収容所に〝隔離《かくり》〟され、ドラゴンはこちらの青色ベースの世界に攻め入ろうとしているかもしれないこと。

「き、貴様！」

ワイルドな強面《こわもて》のドラゴンがいきなり、この身の震える手を見透かすよう、眺めまわしてきた。聖竜の手にはいつの間にか、あのコンバート・エメラルドが握られた状態でおさまっている。こいつの影響かなにかで体が実体化したのか？

身もだえしながら聖竜は、ぎりぎりいっぱい言葉を並べた。

「……く、くくっ。こ、これは、ド、ドラゴンさん、と、友達に、なる、ための……」

「はっ！　貴様と友達だと？　知らぬのか、とぼけているのか？」

ドラゴンがさざめくウロコの長い首をしならせ、侮蔑《ぶべつ》するような雰囲気となった。ジッと耐える聖竜は、わずかな可能性に望みを託したが、コンバート・エメラルドの正体を告げられ、不自然な冷ややかさが背筋を、通り抜けていく。

「貴様の手にするそれは、我々ドラゴンが死んだ後に残されるものだ。簡単に手に入るものではない！　しかも鮮度は悪くない。貴様、よもや最近……」

「し、死んだ後……って、僕は、そ、そんな！　これは化石じゃなかったのか！」

「じっくり答えを絞り出してやりたいが、時間は残り少ない。リスクをおかしてでも、我々はこれから――」とのドラゴンの、獣たる声が急速に聞こえなくなっていった。

え、あっ、こ、これからどうするの？　くそっ、光香《ひかり》！　あと一秒でも二秒でも待てなかったのか！

舌打ちした聖竜は、元居た世界への引き戻しのごとき力を感じ、ひととき、激しいめまいとともに人事不省に陥る。まばゆい光を放つコンバート・エメラルドは握りしめたまま……。

恐ろしいはずの闇色、いや、人間が感じとれる可視光線が一切ないと言おうか。さらにそんな場で、音声すら伴わない意識の交換が淡々と行われていた。うち、多大な仮想粒子《かそうりゅうし》が凝縮《ぎょうしゅく》された存在が念を放つ。

《ブルーベースの世界に感づかれた気配はあるのか？》

《一個体がどうやら宇宙のフォトン・スペース（光の空間）構造を見破りました》

《ふふ。ブルーベースの俗物も、エネルギーは扱っているだろう。それともレッドベースの世界のように、野生姿のまま、〝火〟くらいしか扱えぬか？　くくくっ》

新しくこの世に生まれた仲間のため、加え、まだまだ意識そのものの接触に慣れない者のため、いちいち思考をカタチにするのは、面倒だ。だがここまで思念をカタチにしたところで、新しく誕生できた相手は、ようやく理解と先読みが行えたらしい。

《……承知いたしました。我らの一部を使い、意図的な干渉現象《かんしょうげんしょう》を起こして除去します》

まさしく俗物は、なにも知る必要はない。空間そのものが持つ周波数《しゅうはすう》が低く、時空間の展開スピードがゆるやかゆえ、我らのように高位な存在にまで進化できなかった宇宙の法則を呪え——。

とある地方博物館で、夜の巡回パトロールをしていた制服姿の若い女性警備員は、展示物のひとつ、遺跡から発掘されたという、ひし形状エメラルドの「オーパーツ（時代にそぐわない不自然なもの）」に見入っていた。違う、あまりの美しさにショートヘアを無造作《むぞうさ》に揺らし、魅入られていた。

エメラルドがスイッチでも入れたかのように、淡いグリーンの光彩を放っているからだ。これは宝石的な価値も高いとされ、監視カメラのモニター対象にされているオーパーツだが、訴えかけるかのごとき、ゆるやかな明暗を繰り返している。

「い……いよいよ。これから、なにかが起こるのかしら——」

この身の惚《ほ》けた姿も管理システムへ中継されてしまうが、突然の怪奇現象におびえるどころか、強い懐かしさを覚えるのは、いたしかたのないこと。なにせ、これは「最期」とされる輝きなのだから。

ただただうっとり、女性警備員は強化ガラス越しにオーパーツを眺め続けた。はたしてオーパーツの潜在的な〝力〟を発揮させられるときが、おとずれるのだろうか？　その手法すら、よくわからないけれど……。

2　エネルギーの殺意

夢や目標を掲げる者に、休むべくときはない。聖竜が気を失ってから、転じて、めくるめく舞台が変わっていた。

最初、高エネルギーの不意打ちで頭が混乱しているのかと思った。だけどそうじゃない。この身は、警察病院の監視付きベッドの上にあった。

「おはよう。自爆テロリスト殿」

「……テロだって？　あれは違う！　僕はドラゴンと……、いえ、早く対策を講《こう》じないとドラゴンの大部隊が攻撃してきて――」

警官ふたりが、ますますいぶかしげな面持《おもも》ちとなり、顔を見合わせている。この分では個人研究所は灰燼《かいじん》に帰《き》した可能性が高い。とどのつまり、爆発炎上したのだろう。それで警察沙汰となり、自分は栄えある容疑者として拘束されたのに違いない。

「あのぉ、光香《ひかり》、さんは……？　もうひとり、誰か居ませんでしたか？」

「なんだと！　まだ共犯者がいるのか？」

「いえいえ、そうじゃなくて！」とわめこうが叫ぼうが、まったく効果はない。事情聴取に耐えられる体とみなされ、場所が病院から管轄外の、警視庁の取調室に変わっただけだ。それもテロ対策室へ、自分は元のラフな格好へ戻されて。

お決まりのカツ丼は自費だというので頼めず、心のケアのため美人婦警が優しく取り調べかと思えば、いかつくマッチョで加齢臭のするオッサンたちばかり。

そのうえ「七色空間仮説」の実験だったと説明しても、相手は哀れな目つきとなって「心神《しんしん》耗弱《こうじゃく》状態だな」とか「尿検査に陽性反応は出てないんだな？」との、ささやき声をもらしてくる始末。

肝心要《かんじんかなめ》のホログラム録画映像も、電子マネー稼ぎの動画サイト程度の代物と断定されてしまう。しかし用済みとされた秘書端末《ひしょたんまつ》には、光香《ひかり》が実測から計算したと思われる補正用の方程式が記録されていた。先を見越して秘書端末《ひしょたんまつ》へ転送してくれたのだろう。

「君は……七色なんとかとやらを証明できるかね？」

「当然でき……！」

言葉半ばで聖竜は、刑事のいじわるそうな声に追い込まれる。コンバート・エメラルドは手元にあるけれど、ここのコンセントの電源くらいじゃ、エメラルドはレーザー光線似のものを放つ発振《はっしん》すら、させられない。

コホンと咳払いをした刑事は、別段動じることもなく「共犯者」について問いかけてくる。光香《ひかり》がいなかったということは、最後の最後まで個人研究所に粘ってくれ、コンバート・エメラルドの暴走事故に巻き込まれたのだ。

あの世界のどこかへ飛ばされたか、もっと最悪なら、別の色がベースの世界にまで呑まれてしまったかもしれない。その世界に酸素があるのか、人間が生存でき得る環境なのか、想像すらできない！

「光香《ひかり》を助けにいかないと！　ドラゴン大部隊の侵攻《しんこう》も止めないとダメです！」

「なっ……、なんだと！」

顔を赤くした刑事が半透明アルミニウム製の机を、こぶしで叩きつけた。業を煮やしたのかと思いきや、まったく違っていた。莫大《ばくだい》な保釈金を支払う、身元引受人が現れたというのだ！

しかもあのテロ騒動は、古典伝統を守る会が〝花火〟の復元《ふくげん》途中にミスをした事故だったとの釈明つきらしい。この身はいつから花火職人になったんだ？

「あの科学省、政府筋の成金め。電子マネーにもの言わせたな」

苦虫を噛みつぶしたような顔つきの刑事たちを無視し、めでたく聖竜は釈放となった。そして身元引受人は光香《ひかり》の父だ。やり手、社長ふうのスマートな父は前置き抜きに、話を切り出してくる。

「私の愛娘《まなむすめ》は生きている。しかし現場に娘がいないのだ！」

光香《ひかり》の父はかなり混乱しているが、無理もない。身の安全のためにと光香《ひかり》につけていたらしい、新世代ＧＰＳは位置情報を発信してくるものの、その周囲をくまなく探させても姿が見当たらないのだという。

「昨夜、位置情報が突然、君のいた個人研究所の、へき地から自宅離れにまで、一瞬で変わった。こんな速度を出せる乗り物は、まだこの世界に存在していない。案の定、その場からの信号はあるのに、娘の姿はない！」とこぶしで平手を殴る父。聖竜は思ったことをそのまま口にする。

「たぶん青色ベースの空間、いいえ、この現代世界から、基準値となる周波数《しゅうはすう》が違う同じ地球上の別世界へ飛ばされたんだと思いますが……」

「ふむ。ややこしそうだな。科学省には他言しない。なので、話をよく聞かせてくれないか？」

彼女の父とともに、ひと気のない喫茶店に入り、聖竜はでき得る限り丁寧に、仮説や実験のこと、そしてドラゴンの情報も包み隠さず説明していった。保釈の恩があるし、科学省のお偉いさんなら、へたな隠しだては不要だろう。

「ふーむ。ドラゴン……が、攻めてくるのか？　ドラゴンがそんなに凶暴なら、む、娘は餌食《えじき》となってしまう！」

「待って待って、餌食《えじき》にはさせません。だって僕が助けにいくんですから！」

こう断言したところ、ややヒステリックになっていた父の声が少し落ち着き、低くなった。そのとおり、聖竜はもう一度、「七色空間」の一世界へ旅する腹積もりを決めていたのだ。

もちろん今度は雨乞いではなく、確実にエネルギーの充填《じゅうてん》ができる場所を使ってでも——。

「ありがとう。娘を……助けてくれ！」

しばし、頭《こうべ》を垂《た》れた父だったが、警備会社に勤めるという助っ人を待機させてくれていた。悪く言えばこちらの監視目的かもしれないが、ここは好意的に受けとめよう。

と、聖竜は息を呑んだ。助っ人は、綺麗なショートヘアでちょっとセクシーな体形をした年上と思える女性警備員であり、手にあのコンバート・エメラルドと同じものをつかんでいた！

「……よーし」

これなら手持ちのそれに、復路分とするエネルギーを、蓄えられる。片道燃料の特攻劇とは、大きく展開が変わってくる！　聖竜がジロジロ眺めまわしていたところ、明蘭《メイラン》と名乗った女性警備員は、いきなり背負い投げをかましてきた。

「そ、やぁ！」

「うっげぇえっ！」

うめく聖竜は床に大の字にさせられた。片手を腰に当てた光香《ひかり》の姉さんは、軽く一礼してくる。

「目つきが怪しかったので……。受け身すらとれませんでしたね。でしたらきっと、わたくしがお役に立つときも、訪れるでしょう。よろしくお願いしまーす」

姉さんの口調は淡々としつつ、おしとやかだがアクティブさは、行方不明の光香《ひかり》と大差ない気がした。ただ悠長にしていられない。そそくさと身を起こした聖竜は明蘭を見、即席の案を告げてから表へ駆けだした。その場へ残る父だけが、驚きの形相《ぎょうそう》を浮かべている。

「そ、そんなことをしたら……、街が……」

「また、根回しを……よろしくお願いしまーす」

聖竜は警備員・明蘭の声マネをしてみせたけれど、死ぬ思いで送ってくれたのだろう補正用の式とデータとを活用しながら走っていた。取り出した電子ブレッドボード上には、うまく補正できる回路やバーチャル素子《そし》類を配線していき、さまざまな好意に対し、聖竜はわずかに涙を浮かべた――。

チューブ状のフリーウェイを使えば、目的地まではそうかからない。チューブ内を輸送されるなか、スタイリッシュな明蘭が神妙な調子で話しかけてきた。おっと、また変な目つきをしたら、投げられるかもしれない。

「聖竜さんはドラゴンの〝力〟が欲しくて、研究に人生をささげているんですか？」

「ささげてるように見えるかな、やっぱり。だけど〝力〟を求めてるんじゃないよ。ドラゴンの友達を求めてるんだ」

「それ、どうしてです？」

改まって訊《き》かれると、答えに窮《きゅう》してしまう。小さく首を振るった聖竜は、自虐気味《じぎゃくぎみ》に「僕は友達が少ないから」と、問いかけをはぐらかした。でも目つきの鋭い明蘭は、まったく見逃してくれない。根負けした聖竜は、胸のうちを少しだけ明かしていく。

「ドラゴンって大きな体格差があっても、謎めく〝力〟を持つ存在であっても、優しい心でそれらをセーブして、これができる相手だから……」

「これ？」

ほほ笑んだ聖竜はなにげなく、明蘭のあんなにもパワーがあるのに、しなやかすぎる腕から手をつかみ、握手を交わした。

「そう、魅力的じゃない？」と自分で告げてから、自分の言葉に照れてしまった。予期せぬ握手に、お互い熱いものを触ったときのように手を離す。けれど聖竜は、彼女の手の感触に、どこか覚えがある不思議な錯覚に陥った。うまく……思い出せない。

気にしながらも聖竜たちは目的地へ着き、そのまま普段は目もくれられていない、ひと気のない通路へ進んだ。ここは街を支える大型核融合炉《かくゆうごうろ》のかたわらで、災害時非常用の液状マルチ端子が設置されているところだ。端子ボックスを見つめ、聖竜は、にべもなく言葉を口にする。

「明蘭さん、警備員なら保護カバー解除の権限は与えられてますよね？」

「端子を使えば街へのエネルギー供給がどうなるか、わかりませんよ。それに今は非常時ではありませんね」

堂々と構えて首を横に振る明蘭だったが、聖竜は「非常時」になりつつあったことを知っていた。だから警備員の彼女へ、胸を張って断言する。常人には信じがたい事柄《ことがら》であろうとも……。

「ドラゴンの大部隊が奇襲してくるかもしれないんです！」

「いいえ、きっと奇襲は……」と明蘭は意味深に、つぶやきかけた言葉を途中でのみこんでしまった。彼女に刑事たちみたいな、あざ笑う雰囲気はない。しかし驚嘆というか、あきれ顔というか、表情は微妙に曇らせている。

「まぁ、それならば仕方ないでしょう。光香《ひかり》……さんのこともありますし、竜穴《りゅうけつ》に入《い》らずんば竜子《りゅうし》を得《え》ずですから」

「感謝します」

うなずく聖竜は、まさに「竜穴《りゅうけつ》」を追い求めてきたのだ。コンバート・エメラルドふたつを並べ、てきぱきと準備を進めていった。そしてシールド処置が解除された液状マルチ端子へ、接続した瞬間だった！

バ、バリバリバリバリ！

周囲を白っぽく染める猛烈な火花と、耳をつんざくスパーク音がとどろいた。電子ブレッドボードのバーチャル素子《そし》では、大型核融合炉《かくゆうごうろ》が生むエネルギーの威力《いりょく》に耐えきれなかったのか？

「いけない！　聖竜さん、伏せて！」

「な……」

叫び声と同時に、警備員姿の明蘭がダイブし覆いかぶさってくる。すぐ上を漏電《ろうでん》と思えるイナズマさながらの幾何学的なスジが通過。そばの耐火壁《たいかへき》をやすやすと、溶かし落とした。

聖竜はあわてて補正回路とマルチ端子とを切り離したが、……おかしい！　まるでこちらを狙うような漏電《ろうでん》のイナズマが、まったく止まらない。今度は明蘭とともに横へ転がり、間一髪《かんいっぱつ》で〝刃《やいば》〟から逃れた。

「エ、エネルギー生命体の待ち伏せです！　どうしてこの世界へ……」とこわばった調子で明蘭。

「なに、エネルギー生命体？」

《ふふふふ》

脳裏《のうり》に、こだまする低くうねるような声が現れ、笑った。細胞を持つもの、いいや定まった形を持つものだけが生命体ではないと、近年の物理学では議論されていた。現に、アメーバのような固体か液体か、そんな形態をした生命体は多くいる。

この幽遠《ゆうえん》なる宇宙には人間みたいな生命体だけではなく、ドラゴン型や、人智《じんち》の及ばない形態の生命体がいたって、おかしくないのだ。

「だ、だけどエネルギー生命体は、たくさんの分子が混じり合う〝星雲〟レベルの大きさが必要だという仮説があって……」

「大きさより密度が重要なのですよ」とは聖竜の前で、果敢《かかん》に身構える明蘭の吠え声だった。

別の意味で非常時になったが、聖竜は出来事の分析をスタートさせてしまう。そ、そうだ。地球のある太陽系だって最初は星雲のひとつだった。

長い長い時間が経ち、重い分子の多いガス雲となり、どんどん凝縮《ぎょうしゅく》されて太陽や地球、他の惑星たちへ変わっていった。ただどうして意思でも持つように、エネルギーやガス雲が個体にまで寄り集まっていったのかは、諸説紛々《ふんぷん》状態だ。

《ふふ。俺が説明してやろうか？》

またも脳裏《のうり》にうねる奇怪な声が広がった。ゴーストのごとくマルチ端子からもれ出ている〝エネルギー生命体〟らしき相手は、陶芸品でも仕上げるよう、下から順々に、はっきりとした形へなり変わっていく。これに対し聖竜はもはや、本能の性《さが》的に手を差し出し、一歩、二歩、踏み込んでしまう。

「ド、ドラゴン……だ！」

あの大編隊のドラゴンと瓜二つで、筋骨隆々《きんこつりゅうりゅう》とし漏電《ろうでん》の火花に、全身のウロコを燦爛《さんらん》と輝かす、見上げるほどのお相手が、やわらかい笑みを浮かべ、うごめく太い指で手招きしている。

明蘭は歯を食いしばったような形相《ぎょうそう》で、動こうとしない。

これは幻覚だ！　こう頭《こうべ》で理解していても「ドラゴン」との言葉で、聖竜の感情面がどっと崩れていった。

《ほら……この俺と握手したいんだろう？　こんなドラゴンの手で、なでなでされたいんだろう？　ここへ来るがいい》

「……」

両親を知らない聖竜にとって、甘える、甘えられるシチュエーションは、理論も遠慮もない神聖な行為そのものだった。大きなウロコ状の指がまさぐるよう、うねうねもぞもぞと動いている。その動きは、とてもなめらかだ。

明蘭が怒涛《どとう》の声で止めるのも耳に入らず、聖竜は無我夢中でウロコ状のいかつい手が届く範囲にまで、走り込んでしまった！

その直後。グイッ、ガシリ！

「ううぅわぁ、痛い痛い痛い！」

どうにか目を動かすと聖竜は体が、汚いものでもつまむかのように、いかつい手でぞんざいに持ち上げられているのが、わかった。これで「ドラゴンの手」には、二度もつかまれたことになるが、とても「友達」への対応ではなく、今度のほうが数段上の恐怖心を味わわされている。

《ふむ。これが俗物のいかにも俗物なるデータか。実に役立つことになろう。少し〝質〟が奇妙だがな》

「なんの質だ。バ……、バケモノめ！　この世界の情報を、僕の頭から吸いとってるのか？　させない！　僕は補正回路をオーバーロードさせて自爆するぞ！」

《自爆せずとも、おまえはまもなく死ぬ。俺が指にちょっと力を入れるだけで、脳髄をぶちま

けグチャグチャになって、……な。ドラゴンのために命を差し出せて本望だろう?》

聖竜は迷わず、補正回路にバーチャル・ジャンパー線をつけ、オーバーロード状態へ切りかえた。ニセドラゴンは情報が「役立つ」とはっきり言った。もう人間は電気などのエネルギーなしでは、ライフラインを維持できない。

しかもそんなエネルギーはどこにでも転がっている。

もしそれらエネルギーが、すべてエネルギー生命体へ豹変《ひょうへん》し、牙をむいたら一瞬だ。一瞬でこの世界の文明は侵され、乗っ取られ、崩壊《ほうかい》するに違いない。

仮に相手がドラゴンの大部隊ならば、惑星防衛機能を稼働させ、戦いには持ち込める。しかし相手がエネルギーそのものだとしたら、戦いの形を作ることすら、できない。こんな身の「七色空間」の仮説なんて、でしゃばりなものが、さまざまな世界や空間へ争いの火種をばら撒くことになろうとは……。残念だ。

「聖竜さんの心、しかと、くみとりましたよ」

「ダ、ダメだ！　明蘭さんまで、こ、こいつに……！」

「やぁぁぁぁ！」

声を荒げて突っ込んできたのは、ただならぬオーラを放つ女性警備員、明蘭だった。

猛々《たけだけ》しい獣さながらに彼女が大口を開けると、そこから、聖竜をつまみ上げる手まで大ジャンプを披露《ひろう》する。そしてドラゴンを、いいや、まるでエネルギー生命体を食らうかのごとき突撃で、ウロコの腕を切断した！

《グッ、ガァァァ！　おまえぇぇぇ、ふ、不干渉《ふかんしょう》の定めを破る気かぁぁぁ？》

「ガァッ、グルルル！」

その答えを聞く間はなかった。爆発四散するはずだった補正回路と、そこのコンバート・エメラルドから、レーザー光線とは違った、未知なるエネルギー・ビームの鮮烈な光があふれ出、この場を包み込みだしたのだ。たいへんだ、ゲートが開く！

マルチ端子への接続時間は短く、〝ふたり〟分の、さらには帰還《きかん》用のパワーまで充填《じゅうてん》できていない恐れが高い。

「あっ、あっ、待って……、まだ」

腕と一緒に吹っ飛ばされた聖竜の意識は、モニターの電源をオフにするよう、そこでパチリと途切れた。

色に属さない闇の世界では、多大な仮想粒子《かそうりゅうし》を扱い、すべての根源となれる存在が「質」について考えていた。考えに合わせ、複雑につながり合った分子類が、俗物と思える色をわずかに放つ。続けてその場に念が飛び交う。

《有益なデータは得られたが、遣わせた存在の質は悪かったといえよう》
《そのとおりです。感情とやらで時間を浪費するなど、愚かなこと》
応じてくる下位の存在は、エネルギーの質が良いと考えたい。そして〝力〟を知らぬ存在への不干渉《ふかんしょう》の定めは、都合良く破られた。
《我ら一同、データは共有するものとする》
《御意《ぎょい》に》
今後、俗物どもや、そのくだらぬシステムへうまく干渉《かんしょう》していけば、我らの天敵を労せずして葬り去ることが可能になった。我らのような存在に、原始的な肉弾戦は不適切なのだ。
質はどうであれ、エネルギーが存在しない世界、空間、宇宙はこの世にない。これこそが我らの高貴な身分を示す証であり、どの世界にも仲間はいて、……奴隷《どれい》にされている。
エネルギーを完全に消し去ることはできないが、上位の我らが干渉《かんしょう》して導くのは造作ない。
さて、試しに干渉《かんしょう》してやるブルー・スペースのターゲットは――。
《……まもなく下位の者がグリーン・スペースとのゲートを通過できそうです》
《よろしい。愚か者が得たデータは、賢く使うのだぞ》
《御意《ぎょい》》

3　計画された愛・ライト

激しい刺激は脳細胞にダメージを与える。そのせいだろうか。聖竜はもうろうとした意識のまま、肉布団さながらの温かみと、清楚《せいそ》で芳《かぐわ》しい匂いの漂うベッド（？）に包まれていた。猛烈な電流でよくない幻でも、見ていたのか？

「……また〝テロ騒ぎ〟なのかな？」と、からからになったノドから、やっとのこと声を出せた。応じて上のほうからソフトで、しとやかな調子の声が聞こえてくる。

「いやだ、ですよ。〝ベロ触り〟なんて。それはフォトンに頼めばよかったですね」

こんな柔和な響きを感じとったとき、聖竜は一気に現実世界へ覚せいさせられた。

この身は淡い緑色をした空の下、茂みの中、一頭のウロコがさざめくドラゴン、その腕に身を預けている！

だけどエネルギー生命体が化けたドラゴンとまるで違い、なによりその雄々《おお》しい腕と手は温もりで満たされていた。ゆるやかな野生の弾力が心地いい。これが本当のドラゴンなのか――。

ところが大岩よりデカそうな相手の片方の腕が、獲物を狙うハヤブサ顔負けの俊敏《しゅんびん》さで振りあげられた。聖竜にできることは、ただひとつ。迷わずさっと手を差し出すこと。

すると、なめらかな曲線美のドラゴンは、どうやら茂みからイガだらけで硬そうな果実を摘んでくれていたよう。それを自らの口でちょっと咥えながら、猛禽類《もうきんるい》を思わすけれど、やわらかい弾力がある指といかつめな手で、きゅきゅっと最良の握手を叶えてくれる。

「僕の夢が三度目で……ようやく。ありがとう。あなたは明蘭さんでしょう？」

「ええ、そうですよ。この世界での真の姿。わたくしの真の名はライト」

こんなことも予想していなくはなかった。仮に同じ色の世界でも、水と氷結《ひょうけつ》のように常に状態は変化するもの。

とうとう真のドラゴンへ出会えた。うれしさを超越した気持ちに、聖竜はつい「ライト」の艶《なま》めかしくも、ほがらかさであふれる胸元へ、抱かれた状態のまま身をぐいぐい押しつけてしまう。

「もう、甘えん坊さんですね。フォトンが焼きますよ。まぁ、エネルギー生命体にまで甘えようとしちゃうんですから。聖竜さんの自慢の論理はどこへいったのでしょう？　見境なしになっちゃうのですか？」

「……フォトンって名は光香《ひかり》のことで、……やっぱりドラゴンなんだね？」

青色ベースの世界でのショートヘアと同じく、短めのたてがみを揺らめかすライトの挑発を、聖竜は抑え込んだ。ゆるやかな逆三角形をしたライトの頭が、うんうんとうなずく。いわく飛ばされた場所が場所だけに、フォトンはある仕事をしているのではないかという。

それでも光香《ひかり》・フォトンの姿を見るまで安心できない！

ライトの大きく澄んだ瞳を見つめ返し、聖竜は続けようとしたが、ノドというより体中が乾き切っていて、むせ込んでしまう。

「大丈夫ですか？　仕方ないですね。じき自力で帰ってくるでしょうフォトンより先に……、わたくしはあなたを食べちゃいましょう」

「帰ってくる？　というより、食べる……とは？」

のぼせた状態でも聖竜は、観察を忘れていなかった。強烈そうだった果実をむしゃむしゃやり始めたライトだったが、その口には体格よりやや小ぶりな歯や牙があった。つまり普段は口で物を「食べて」はいないのだろう。

だがそんな口先が開かれ、聖竜の顔へ急接近してきた。と、ほんわかした吐息の鼻先がそっと、聖竜へ触れてきて、そのままやわらかくジューシーにしてくれた果実がどんどん肉厚の舌で押しこまれてくる。ぴちゃぴちゃ、ちゅぷちゅぷ……。

「んくぁ……んんん、んぅぅ——」

「どうですか？」

「ふはぁ……ふ、不思議な味で、んくうっ」

大胆な行為を前に、聖竜の体は燃えるようにカッと熱く……ならなかった。急転直下のロマンスが物足りないわけではないのに、むしろ盛っているのに体の状態は、いたってクールなのだ。それでもお互いの大きな口先と柔らかなくちびるとの重ね合わせは、角度を変えつつ激しい。

聖竜がどろりどろりとした果実で癒され、ドラゴン、ライトのマズルとの間にみずみずしいラインができる。「続きはどうします?」とセクシャルに、さらに意味深くささやくライト。そんなライトがちょっと冷たく芳《かぐわ》しき息を吐《つ》いたとき、そして次の質問に応じてくれたとき、聖竜の考えが確信に変わった。

「ドラゴンは……もしかして、よろこびを糧《かて》にできるのかな?」

「ええ。この世のあらゆるモノを食べ物にできますよ」

おどけたしぐさをとるライトだけど、これはスゴイ。青色ベースの世界では「排熱《はいねつ》」なんて言葉すらある。半端な熱エネルギーほど、加工しにくい存在はないという言いまわしなのだが、ドラゴンはそれすら命へのエネルギー源として扱えるらしい。

森羅万象《しんらばんしょう》、この世界にはさまざまなカタチのエネルギーが満ちている。人間は力ワザで、ごく一部しか取り出せていないけれど、ライトを含むドラゴンたちは、それを自然体でやってのける存在。と、いうことは――。

「ならドラゴンはあの、ええっと、恐ろしかったエネルギー生命体の〝天敵〟相当なんでしょう？」

「誤解です。わたくしは、そう、余分なエネルギー源のみ、食べただけですよ。だって聖竜さんの体は凍りついてミイラ化していないでしょう？」とドラゴンのライトがクスリと笑い、最後に「まぁエネルギー生命体にとってドラゴンは、平和条約締結もしたくないジャマな存在のようですが」と、肉質の肩をすくめて告げてきた。

なるほど読めた。ライトこと人間の明蘭は、いわばドラゴンのこの世界からの人質だったのだ。

ドラゴンはゲートを造り「七色空間」の境をトンネルする能力がありそうなので彼女と……光香《ひかり》とが現代世界で暮らすこと。これこそが人間世界との「平和条約締結」そのものなのに違いない。まるで陣地を守らせる「ドラゴンの盾」だ。

こういうものが国家機密と呼ばれるものなのだろう。全廃されたが過去の世界では、ハルマゲドン候補だった核ミサイルの暗号コードのごとく、オープンになったら地球が転覆しかねない、とてつもない機密だ。

少しだけ覗いてしまったものの、これはまだ、そっとしておいたほうがいいと思う。実際、彼女たち姉妹の父も、このことはファンタジーの作り話程度にしか考えていないとのこと。

「異世界・異種族がいてエネルギーの原理原則が変わる」などとオープンにし、世界を混乱させなくていい。時期が来るまでは――。

そのうえライトは人間姿の聖竜にも、機密のひとつこと、「食べる」行為はできるかもしれないという。茂みのカラフルな花にライトは細長い鼻先を向け、「メンデルの法則」について尋《たず》ねてきた。これ、たしか赤い花と白い花をかけ合わせると、赤白、そしてピンク色の花が「ある確率」で咲くというもの。

「そうです。わたくしはドラゴンと人間が共存していた時代の……ピンク色たる産物なのです。世界の特性で姿が人間になったり、ドラゴンになったりします」

「でも僕は姿が全然変わらない……」と無念、聖竜は小さく首を振った。

「劣性遺伝なのかもしれませんよ。聖竜さんは、なんとなくドラゴンと同じ匂いがするので……。ですが〝質〟についてはは少し不思議です」

「ふーん。エネルギーの〝質〟なんてもの、わかるの？」

おおらかな雌《めす》ドラゴン、ライトがまたも、おもしろそうに笑った。胸元でぎゅっとしてくれているライトは、言葉を途中で切り、少なくとも笑っているように思えた。あーぁ、質に劣性……か。

それなら法則に従えば、この身の両親どちらかがドラゴンか、逆に単なる人間同士だったと考えられる。はるか昔に、あの老人のおとぎ話さながらの世界が、本当に広がっていたのなら、だけれども――。

しばらくの間、聖竜もほおをゆるめていた。だが、ライトはじょじょに真顔を超えた冷徹と見える表情を、ウロコをビキビキ音を立てて引き締め、浮かべてくる。

「ちょっと口がすべりすぎましたが……聖竜さんはもう満足できましたね？　十分ですよね。夢は完ぺきに実現しましたよ。思い残すところもないでしょう」

「……いったい、なに言ってるの？」

不気味さを感じ、聖竜はライトの剛腕《ごうわん》に抱かれたままの身をねじったが、まさしくドラゴンは動きを封じる具合にやすやす締めつけてきた。ライト自身は「不干渉《ふかんしょう》の定め」を破ったため、ブルー・スペースという青色ベースの人間が無害であると証明が必要だと、冷ややかに言う。

「現代の人間が……、ええ、聖竜さんがドラゴンだけの秘密だった〝力〟を持っていないと確証を提示しなければ、……大きな戦乱が始まるでしょう」

「確証を提示……？」

「そうですよ。あなたの体の中にコンバート・エメラルドが含まれていないとの提示です」

ライトの真顔も、キツク抱く格好の締めあげも変わらず、聖竜はまたしても打ちひしがれた。コンバート・エメラルドは死んだ後に残されると聞いていた。

つまりさっきは「うっかり干渉《かんしょう》、そう、エネルギー生命体に？　別の色の世界に？」してしまったけれど、この身をバラバラにしてでもコンバート・エメラルドが含まれていないと示し、相手にとってこれは無害な干渉《かんしょう》だと証明する魂胆だろう。

くそったれ。政治家の証人喚問のほうが、まだ気が利いている。バラバラにするだと？　ポータブルＭＲＩすら、存在しない世界とはな！

「では最期に、……なでなで、も、しておきましょうか？」

「要らない！　結局、僕はドラゴンへ、優しさの幻想を抱いていただけか。ライトはいろいろ試してたんだな？　同じ匂いがするからって、当てずっぽうで僕を……」

「ドラゴンには〝物〟を見分ける固有の能力があります。それにこれが全世界、全空間の平和のためなのです。決して痛くないよう……」とライトは、凍りつくような分厚いカマ状の指先と、生えるカギ爪を聖竜のぜい弱な首筋に押し当ててきた。聖竜はさすがに恐怖で身をこわばらせる。

鋼《はがね》以上のカギ爪に斬首《ざんしゅ》されたら、文字どおり痛みを感じる間はないはずだ。ただただドラゴン連中の「優しさ」に、ヘドが出る思いだ！

ドラゴンへの自分の想いは、はかない妄想《もうそう》だった。こんな身をライトが抱いていたのも、果実を口移ししたのも全部ニセモノ、探りを入れるためだったのだ。

こうなったら一か八かスキを作らせよう――。

「……やっぱり最後に、なでなでもされておきたい」

「わかりました。いいですよ」

冷血なドラゴンがうなずいた瞬間、この身の抱きしめがゆるんだ。聖竜は先ほどジャンパー線を飛ばしておいた補正回路をショートさせ、コンバート・エメラルドを暴走させる。ドラゴンが体そのものでエネルギーを食うのなら、これでも食べておけ！

ババババ、ババ、バリリーン！

「ガァッ、ガルルル！」

ヤケドでもしたように、半ば反射的にライトが補正回路もろとも、すべてを放りだした。茂みの野原に落とされた聖竜は痛みをこらえながら、コンバート・エメラルドのひとつが静かに消滅していくのを見た。自分は充填《じゅうてん》してきたエネルギーの半分を失ったことになる。

「果実のお礼だ。おいしかったかい？」

「グガァァ、ま、待ちなさい！」

怒髪天《どはってん》を衝《つ》いたらしいドラゴンは首をめぐらせてきたが、すでに聖竜はうっそうと木々が生い茂るジャングルさながらの場へ逃げ込んでいた。樹齢、数千年はありそうな大木が多く、うちひとつの影に身を潜めている。

ベキリ、バキバキバキ、メリメリ！

「人間がわたくしから逃げ切れるとでも、思っていますか？」

節くれだった大木がドラゴンの振るう片腕で、乾いた音を立てて引き裂け、倒された。茂みもヤブも大木も関係ない。ドラゴンはこちらへまっすぐ四足状態で向かってくる。

「お、大きさのわりにずいぶん速いな」

感心している場合ではなく、近くの大木がどんどんへし折られ、カーブを描いて吹き飛ばされていった。負けじと聖竜も小回りをきかせて対応し、予想されにくいコースをダッシュしていく。しかし地響きと木々の亀裂音《きれつおん》は、離れることなくこの身を追ってきた。

「あきらめてください、聖竜さん！　証明できないと、すべての人間が〝敵〟とみなされてしまいます」

「て、敵だって？」

「そこ！　ガァァァァァァ！」

うっかり声をもらしたせいで、敏感なのだろうドラゴンの聴覚により、逃げ回っている居所を予想されてしまった。ドラゴンは凶悪《きょうあく》なジャンプをしたようだ。

ババババ、バキンバキン、メリメリメリ！

隣で高くそびえていた大木の多くが、根元から爆音とともに弾け上がる。そんな入り組んだ根っこの一端に体がひっかかり、聖竜は宙を舞った。

「うわっ！」

清流を渡ろうとしていたところで見つかり、ドラゴンの魔物とも思える鼻先の真ん中で、がっしり空中キャッチされてしまう。このドラゴンはもう油断しないだろうし、逃避行も終わりだ。

「負けたよ。……好きにしてくれ。僕が……世界を救う存在、ええっとメシアになれるのなら、本望だ」

「わ、わっ、わかり……ました」

哀れ、殉職《じゅんしょく》を決め込んだ聖竜、最期の発見は、ドラゴンの新陳代謝《たいしゃ》が激しそうな点。目の前のドラゴンはかなり息を切らしている。たくさんのエネルギーを扱う代わりに、それと反応させるもの、たとえば酸素もたくさん必要になってくるのかもしれない。

古くは「ジグソーパズル」さながら、多くの断片情報を見聞きしたのに、整理して考える時間が残されていない。待って、情報なんて今はどうでもいい。

いつもかいがいしく世話までしてくれた光香《ひかり》、こちらではフォトン、そんな彼女の無事を確かめ、これまでのお礼がしたかった。

「グルッ、グルッ、グルルル」

息のあがったドラゴンが不意に、視線を淡い緑の空へと向ける。直後、空の一角《いっかく》に最初に七色空間をジャンプして見た、防具などの武装をするドラゴンの大編隊（！）が、襲いかからんばかりの体勢で「何か」に突っ込んでいた。

「あ、相手は……、に、人間か？　姿は……なんだか不自然だ。それに人間は空を飛べない！」

「グルッ、グッ。そ、そう、です、か。はぁっ、はぁっ、やはり〝敵〟は、……両者の、と、共食いを、狙って、もう……」

「そんな……、そんな……」と聖竜は、命がけの追いかけっこも忘れ、人間の身であることが悲しくなってきた。言葉もうまく出てこない。

相対する連中は、淡い緑色の空に浮かぶ、まさしく人間、それも見たところ自分たち現代世界がある青色ベースの人間そっくりだ。現代的な防具で全身を包んでいるけれど逆にそんな格好、装備品だけから「現代の人間」だと決めつけるのは、早計だと思いたい。

なにせ現代風の金属繊維を輝かせる人間の数は、ごくわずか。みな大きな武装はしておらず、どうやってドラゴンに挑むつもりなんだろうか？　直後、人間そっくりな格好をしている連中が、放水銃のような道具をもたげる。

「水攻め？　い、いや、まさかっ……！」

その答えは忌《い》まわしきものだった。人間たちがノズル状の装備を構え、景色をゆらゆらとさせるガスを噴射しだしたのだ。うねる噴出音だけが宙に響いた。先乗りしていた武装ドラゴンたちが、あっけなく大地へ向けて回転しながら崩れ落ちていく。

「ガッ、ガガガァァッ！」

ドラゴン部隊の体は、まるで生きているようにムチャクチャに動いているものの、聖竜にはそれが猛烈なケイレンだと、すぐさま見抜けた。ドラゴンたちの口元からは、ここからでも見える量の唾液の白濁する泡が、とめどなく流れ出ている。

「……催涙ガスか？　違う、それならあんなに狂ったようなケイレンは起きない！　厳重に管理されているはずの忌避《きひ》なる毒ガスを、連中はどうにかして盗み出して……」

もしやこの身が核融合炉《かくゆうごうろ》のマルチ端子からエネルギーを抜き取ったから、大騒動が起き、そのスキを相手に突かれたのでは？　それ以上に、苦しげな目つきのまま空を見つめるドラゴン、ライトの恐れていたことが、現実になろうとしているのかもしれない。

知らないでいいことを、知ってしまったから。気づいてしまったから——。

ドドン、ズドン。メキメキ、ドーン！

これまでドラゴン部隊は、こんな攻撃など、されてこなかったのだろう。ここまでの毒ガスはなかったのだろう。卑怯な「人間」の不意打ちだ。

ドラゴンの大部隊は見る間に隊列を崩し、「人間」に好きなように翻弄《ほんろう》されていた。人間への憎悪感《ぞうおかん》が生まれてしまったら「隔離《かくり》」しているという、この世界のドラゴン由来の人間たちも、どうなるかわからない。

少し離れから、木々の叫びにまじってドラゴン部隊の落下音が生々しく、鳴り響いてくる。元から陰鬱だったジャングルはいっそう絶望の色を濃くし、無残な轟音《ごうおん》はおさまる気配すらない。

「ガ……、ガァ……ァ」

ドラゴンたちの悲壮なうなり声が、木々の間を縫ってくる。自分には医学の心得はないから、毒を中和させることも、楽にしてあげることもできない。保身に徹したせいで、こんな事態を招いてしまった……！

ふと聖竜の体に天と地をひっくり返すような、めまい感が現れた。いけない！　ここまで毒ガスが漂ってきたんだ。ドラゴンの大編隊にどんな事情があれ、……そう、青色ベースの世界への侵攻《しんこう》をたくらみつつあれ、死ぬのは自分だけで十分すぎる。

だからほんのひととき、幻の友達関係だったとしても、やるべきことを僕はやる――！

「ライト、目をつむって鼻先をこっちへ！」

「毒ガスをふ、防ぐには……、う、うん？」

とまどいながらもスリムな鼻先を寄せてきたドラゴンの口に、自らのくちびるとしっかりとくっつけた。ガスが拡散《かくさん》するまでの間、〝ふたり〟で息を共有するしか、即席の手はない。襲ってはこないとライトを信じ、聖竜も目をつむっている。

大きな口先と柔な口とが密着し、生ぬるく湿気た息のやりとりが始まった。毒ガスが散るまでの間だけ、時間を稼げればそれでいい。と、つないだドラゴンの口先が微妙に動く。こもった声になるけれど、聞き取れないレベルではない。

「ど、どうしてです？　わたくしは、そうですね。世界を現状維持させるためとはいえ、殺人マシン・ターミネーターになっていたのですよ？」

「古典映画をよく知ってるね。僕も勘違いしてたんだ。友達には、なってもらうんじゃなくて、なるんだってね」

「……ドラゴンは精神的な〝攻撃〟にも、めっぽう強いんですよ？」

別に聖竜は、命乞いをするような下心なしに言葉をモゴモゴ口にしたのだが、……まぁそれならそれでかまわない。ただ観察眼の鋭い聖竜も、ドラゴンのライト、そのわずかな変化は見落としていた。

閉じられた、まぶたの縁に、うっすら涙がにじんでいることを――。

「う、うー、……ん」

ゆるりとした動きでドラゴン、ライトが身を伏せ、楽な格好をとった。こちらをわしづかみにしていた手に、力はかかっていない。毒ガスの影響が出たのか？

ドラゴンはたくさん呼吸し、ほかの〝燃料〟も使ってエネルギーを代謝《たいしゃ》する。これで生物学の常識的なサイズすら超えた体を、あんなにもアクティブに動かせていたんだろう。

そういえば、あの老人の「おとぎ話」のドラゴンも、水の中に長く居るのを、妙に毛嫌いしていた……。ドラゴンと皮膚呼吸や熱源などの代謝《たいしゃ》、これは切っても切れない縁なのかもしれない。ならば毒ガスは、ドラゴンたちのウィークポイントになり得る。

そう考えた聖竜は、せせらぐ清流へ補正回路とともに帰還《きかん》用だったコンバート・エメラルドを電源とし、水の電気分解をスタートさせた。これで酸素が電気分解でたくさん生まれ、毒ガスの弾幕《だんまく》にも呼吸をしやすくするのにも、役立つ。

だが聖竜は、本来の世界へ帰ることが不可能になった。手持ち、最後の大きなエネルギー源だったから。だけど「友達」にだったら、こんな使い方がベストだと思う。たとえドラゴンへ対する自分の壮大な片想いだとしても、これがきっといい。

「んっ……」

ありったけライトの息を吸った聖竜は、全力でその場をあとにした。茂るジャングルはうって変わって静まり返り、ライトを含めた何者も、追ってきている気配はない。

（ありがとう。わたくしの……大切な大切なお友達、聖竜）

無言で放たれるライトの念だが、聖竜は知るすべがない。ひたすら走りに走り、距離をあけてから粘着性のある森の広間で、ひと息ついた。そんなとき……！

青色ベースの現代世界で「飼いならされた」自然界しか体験していない聖竜は、荒くれた息吹《いぶき》を学ぶことになる。

「あれ、あ、足が……引かれて……！」

歩けないどころか最先端の多目的可変《たもくてきかへん》シューズが、ねばねばした大地へ沈みだしたのだ。聖竜はくるぶしまで沈められ、ようやくこの場が生き物たちのサルガッソー、底なし沼だと気づいた！

大声を出せばドラゴン、ライトの敏感な耳にまで届くかもしれない。しかし助けられたところで死の運命は変わらない。このままでも沼に沈んで溺れ死ぬ。

「僕は死神にストーキングされてるんだ。大嫌いなのに！」

（ほう。わしも死神は大嫌いだぞ）と突然、かすれているけれど太く荒々しい声が耳ではなく、頭の中へ直接、飛び込んできた。幻聴？　ライトの声ではないし、光香《ひかり》ことフォトンなら、こんなしゃべり方はしない……。おそるおそる聖竜があたりを見まわすと、そこには！

「も、もしかして……！　あ、あなたが――」

（ふむ、だとしたらどうする？　わしはローグ。むふふ。そなたはたぶん、いろいろな死神に

好かれているのさ）

悪い冗談にも、まったく応じられなかった。生唾《なまつば》を呑み、聖竜は黒光りする「お相手」に対し、体より先に心が見る見る暗い最低辺まで沈んでいった。

第二章

ビッグクランチ

1
謎めくオオカミ・ローグ

青色ベースの世界、そう、現代の人間世界では、不確かな知識しか持っていない明蘭と光香《ひかり》姉妹の父が、世界に三カ所しかない深宇宙観測所へ赴いていた。そこには父と旧知の仲である田之上所長が勤めており、さらには彼から「ホットライン」での呼び出しを受けたのだ。

スーツを着込む父は科学省の役職であり、騒ぎにならないよう、単なる設備の視察名目で送迎重力マシンから降り立った。高台にあるので街並みが見渡せて景色はいい。

ただし視察だというのにクリーンな中央出入り口に人影はまばらで、ぎこちない笑みを浮かべた白髪の田之上所長とは、簡単な握手を交わすことになる。

「田之上所長、……と呼んだほうがいいかな？　もう君を、タノキンなんて呼べる間柄じゃないしな」

「そ、そうだぞ」

ささやくよう応じてきた壮年の田之上所長は、白衣の裾を揺らしてそわそわ動き、交えた手も小刻みに震えていた。

彼は信楽焼《しがらきやき》のタヌキ、その「ある部分」のようにハートがでかいということで、つけられたあだ名がタノキンだったのだが、そんな相手を震わす事象《じしょう》とは、地球を狙う小惑星でも見つけたのだろうか？

しかし人間は飛躍的に進歩した。隕石や流星群、その他、悪意ある異・生命体の侵攻《しんこう》ならば、惑星防衛機能を稼働させてやればいい。地球の軌道《きどう》すら変えられる防衛機能を使えば、たいていの天変地異は回避できる。

逆に人間の文明や技術、尊厳を守るため、技術レベルが極端に違う「エイリアン」が襲ってきた場合、地球を自沈させることも可能だ。巨大地震対策としても星の地殻プレートを、意図的に弛緩、緊張させられ、ゆるやかにエネルギーを解放できている。

こんな時代に、恐れるべきものとはいったい――。

「見てくれ。地球近辺のエネルギー分布図だ」

所員があくせくする中央制御室《せいぎょしつ》まで連れられた父は、表示の切り変わった前面大型スクリーンを見やった。なるほど、かなり高密度の領域が、地球の磁気圏を無視する形で表示されている。

「この分だと……低緯度の地域でも、うん、日本全国でもオーロラが出現するかもしれんな」

「ホットスポットのひとつを拡大表示してくれないか」と静かに告げる田之上所長は、軽口にまったくノッてこなかった。父も黙って大型スクリーンを眺めると、見慣れない表記に目をやった。さすが日本の機器だけあるが「阿僧祇《あそうぎ》」とはなにを意味するのか？

「驚いたか？　あれはあの部分に存在する電磁場の単位で〝あそうぎ〟と読む。ＳＩ接頭辞では現しきれない周波数《しゅうはすう》と波動のエネルギーで……10の56乗の量となる」

「バカな！　ブラックホールから放出されるガスやX線エネルギーですら、比較にならない大きさだぞ！　宇宙を創ったビッグバン後のインフレーション……」

「お偉いさん、詳しいな。そのとおりだ。すでに遠距離を航行していた宇宙艇も……あり得ない周波数帯域《しゅうはすうたいいき》のエネルギーに焼かれ、消滅した。表向きは不慮の事故とされているが……」

明蘭、光香《ひかり》姉妹の父も、田之上所長と同じくらいに、いいやそれ以上に渋い面持《おもも》ちをした。

こんな、とてつもない威力《いりょく》の電磁波エネルギーを地球が受けたら、どんな対策を施していてもシステムは破壊される。

エネルギーをまともに食らえば脳細胞は焼かれ、狂わされるのが楽観的考えで、核融合炉《かくゆうごうろ》に人間が無防備で突っ込んだ場合を考えるのが正常な発想だ。

「所長。街にはあちこちに予備電源が充填《じゅうてん》されている。しかしこの間停電騒ぎが起きた。宇宙のこれらが影響したのか？」

「調査結果はまだ出ていない。だが我々は電流が、一般的に言えばエネルギー源の反乱としか説明できない現象の報告を受けている。ごく一部の反乱だったが、もしも……」と田之上所長は言葉を切り、制御室《せいぎょしつ》に備えつけられた合金製の設備類を見まわした。電気エネルギーも交流、つまり周波数《しゅうはすう》を持つ存在だ。地球近辺へ集まり始めたというエネルギーと、根本は同じ。

「所長、世界への影響を止めるには――」

「待ってくれ。増え続けるこれらエネルギーが反乱、そうだな、位相《いそう》の反転でもさせたらビッククランチ（爆縮《ばくしゅく》）クラスの現象が引き起こされ、宇宙全域《ぜんいき》が無のゆらぎにまでつぶされる。よければ破滅的な宇宙の亀裂《きれつ》程度で済むかもしれん。だから早急に……」

「待て、宇宙の破壊だと？」

田之上所長が小さく首を振るなか、表示にまたひとつホットスポットが追加された。長年の友人だけあって言葉の先はこうだろう。

――止められないエネルギーの反乱が起きるより前に、早く惑星防衛機能で地球を爆破させ、飛散する力と衝撃波で、とてつもないエネルギーの集合体を散り散りにしてくれ――。

やはりタノキンは現役だ。考えのスケールも規模も、デカイままだ。

未だファースト・コンタクト（知的異生命体との遭遇）は、なされていないけれど、宇宙には地球型の惑星も数多い。知能レベルがどうであれ、知的異生命体は確実にいる。機密事項なので未確認ではあるが、愛娘《まなむすめ》たちももしかしたら……！

人間が、誇れる知的生命体の一員だというのなら、他のいかなる生き物へも、影響どころか破壊や破滅をもたらしてはいけない。父はうつむき気味になって、うなる。

「宇宙への亀裂《きれつ》もしくはビッグクランチを引き起こすほどに、エネルギーが集結するのには？」

「おそらく、もって32時間近辺だ。それ以前に大規模なエネルギーの反乱が起きるかもしれん」

全人類を、ようやく開拓し始めたアルファ・ケンタウリ恒星《こうせい》系まで退避させる大型宇宙船は存在しない。地球を自沈させれば、火星など太陽系の惑星、衛星はすべて衝撃波による宇宙放射線をかぶるから、壊滅《かいめつ》だ。まず、極秘事項にするため、箝口令《かんこうれい》を発動させる。しかし……。

（チェックメイト）

そんな言葉が、冷や汗を流す父の脳裏《のうり》にこだました。「ドラゴンの大編隊が来る」とは、このことの暗喩《あんゆ》だったのか？

こんなときも、底なし沼へ沈みゆく聖竜は、ローグという名でオオカミにしては大柄な3メートルサイズの相手をジッと見つめた。漆黒《しっこく》の毛並みをした巨大な四足獣《よんそくじゅう》ローグは、獲物をバッサリやるためか、木の根元でバキリバキリと爪を研いでいる！

（まだまだ、ここで食われてなるものか――）と歯を食いしばる聖竜。こんな反骨精神は聖竜の行動力や運に、いつだってつながっていた。

そのとおり、一念天に通ず。聖竜の強い意思が働いたかのように、沈んだ腰元から整った合成音声が放たれてくる。

〈水没を検知。自動浮上、開始します〉

現代世界では装着が義務化されていたライフ・セイブユニットの声だ。こんなユニットの普及であらゆる事故が減り、命の保護はそこそこ成功している。大柄なオオカミのローグは牙をむいた前傾姿勢になった。

（な、なんだ、そなた！　〝力〟を持つ存在だったのか！　ならば……！）

反重力効果で聖竜の体は逆転、見る見る浮上し始めている。しかし底なし沼のちょっと上まで、ゆるやかに浮かびあがった途端、漆黒《しっこく》のオオカミ、ローグが咆哮《ほうこう》とともに跳ね、こちらへ突っ込んできた。逃げ場はない。襲われる。万事休す――――！

「わっ、わぁぁ！」

「オォォォォーン！」

聖竜は当然、真っ先に来ると思っていた牙への悪あがきで、身を固くしていた。そんな体へオオカミの肩部分、そして伸ばされた前足が脇の部分を通り抜け、半ばハグ状態で芝が生える地面まで飛ばされる。

仰向けの姿をさらす聖竜の上に折り重なるよう、オオカミの顔と四足の下半身があった。半開きの口からは、ツツーっと粘っこい唾液が垂れてくる。斬首《ざんしゅ》、溺死《できし》、餌食《えじき》の、どれがいったいいちばん幸せだったのだろう。

「く、……くくっ。さあ好きにしてくれよ！」

こんな、やけっぱちなことを考えていると、思わぬ考えにいきついた。安全な場まで移動できていないかったのに、すでに反重力効果が働いていないこと。浮かびあがったところで停止してしまい、また底なし沼へ落ちる運命だったらしい。

もうひとつ、ローグはちょうど古木が、こちら側へ助けの橋さながらに倒れるよう、計算した感じに根元部分を爪で研いでいたこと。最初から、こんな身を助けてくれるつもりだった？

現に、獰猛《どうもう》そのもので野獣の顔が目の前にあるのに、無防備な「獲物」へ食らいついてくる気配はうかがえない。

「も、もしかして……、あ、ありがとう……で、いいのかな？」

（だとしたら？）

死んでもともとだと聖竜は両腕を伸ばし、そっとローグの肩甲骨《けんこうこつ》あたりへまわしてみた。まだ反応はない。ならばと腕を曲げてぎゅっと、本当のハグをしてみたところ、ようやくローグのかすれた荒々しい声が脳裏《のうり》に響いた。

それでも聖竜がハグした体を、むげに扱おうとはしない。

（むう。科学とやらも、あてにならんな。して、そなた、この分では〝なでなで〟までも、求める気か？　言っとくが、わしは雄《おす》だぞ）

「え、あぁ……ず、ずっと見てたのかよ！」

オオカミは濡れた牙の並ぶ口元をめくってニンマリし、なんとも微妙な雄《おす》の唾液がまた、したたってくる。かなり粘っこく、その……ライトとは違う。本当はこの身と「獲物」との差なんてローグには、大したものではないのかもしれない。

それでも聖竜は急に気恥ずかしくなり、濃い野生臭を漂わすローグから、腕をゆるゆる離した。大型なオオカミのローグは振る舞いこそ、やや荒っぽいけれど、その体でぜい弱な人間、聖竜をつぶさんがためか確認するよう、ゆっくり姿勢と四肢《しし》の位置を変えていく。

（雄《おす》に対して顔を赤らめおって。そなたのあの振る舞いを見たからこそ、わしは助けてやったのだぞ。甘えん坊で陶酔《とうすい》しやすい聖竜殿。こうあっさり見つかるとはな）

「僕を……探してた？　そういうローグも……おそらく、ここ、緑色ベースの世界に住む者じゃないな？　テレパシーまで使えるなんて――」

（そんな大したものじゃない。簡単な生体エネルギーのやりとりをしてるだけさ）

こう伝えてきたローグが、値踏みでもするような目つきをしつつ、黒い剛毛《ごうもう》に覆われた首を振る。まるで、おしゃべりが過ぎたとばかりに――。

聖竜は黒きオオカミへ光香《ひかり》、そう、フォトンの所在をたずねたかったが、そんな機会は失してしまった。すぐさま聖竜は身を跳ねあげ、戦いのポーズだけはしてみせる。

「キミもこの僕が狙いなのか？　ローグ、探し物はここにいるぞ！」

（だから……な？　陶酔《とうすい》するな。甘えたいのか戦いたいのか優柔不断《ゆうじゅうふだん》なやつめ。聖竜の名が泣くぞ）との言葉の真意は、わからない。しかし単に、お説教をされてしまったようだ。

聖竜は「その部分」は置いておき、この身を探していたわけをたずねてみた。純粋に黒い瞳でローグはこちらを見つめている。

（エネルギー神が巨悪に動きしとき、〝竜〟が救いの道を拓《ひら》く。わしらの世界に古くから伝わる神の啓示《けいじ》だ。おとぎ話だと思っていたが、今や現実となりつつある）

「おとぎ話はまるっきしデタラメとは限らない」と、せっかく聖竜が真顔でうなずいてあげたのに、ローグはまたもオオカミなりにニンマリした。そのまま獣の顔をおろし、ジロジロ眺めてくる。

（ふむ。どうやら竜は竜でも、そなたには〝聖〟が余計だったのかもしれんな）

「それこそ余計なお世話だ！」

思わず聖竜は、まん前にあった剛毛《ごうもう》の頭をこぶしで、はたいてしまった。ドラゴンのことを、ごく普通に感じていたから手が出てしまったが、ドラゴンやその他、ビーストたちがいくら知性を持っていたとしても、全員が人間を好んでいるとは言い切れない。

とりつくろうよう、聖竜は話題の舵《かじ》を切った。禅問答《ぜんもんどう》となる前に、正直にお互いの得ている情報を共有したほうがいい。

まずわかったのが個人研究所をふっ飛ばした事象《じしょう》は、ドラゴンたちのこの世界へのゲートを拓《ひら》いただけじゃない。他の空間固有周波数《しゅうはすう》をした、単に色の世界全体へのゲートも造ってしまったらしい。うまくコントロールしていたつもりだったんだけど……。

そして「エネルギー神が巨悪に動く」ことについては、抽象的だがローグたち種族はいち早くエネルギーの〝質〟の悪化に気づいた。

なのでローグは先遣隊《せんけんたい》とし、空間を渡るゲートをくぐった。その先が本当に救いの地になるのか、また、拓《ひら》かれた地に、自分たちが受け入れられそうかどうか探りにきているのだという。

(わしらも拓《ひら》かれた地で、ずっと難民《なんみん》のままいるわけにはいかんだろう？　自立せねばな)

「そのとおりだね」

神妙な面持《おもも》ちでうなずく聖竜だったが、ローグいわくエネルギー神の巨悪な振る舞いは、ゲートをくぐった先のこの世界も同じだったとのこと。疑問点がひとつ。巨悪な振る舞いとは、なんなのだ。こんな具合ではそれが「世界の終焉《しゅうえん》」を示していても、不思議はない。

(む。それは科学的なポケットか？　そなた、そこから道具を出してみるがいい)

「テレパシーはおろか、ローグは透視能力まで——」

（ふふん）

しばし聖竜はあっけにとられたものの、透視ではなくローグの目は赤外線の領域まで見えるんだと理解した。たぶん黄色か赤色に近い周波数《しゅうはすう》がベースの世界なので、人間とは違い可視《かし》領域《りょういき》（見えるもの）が赤いほう、赤外線のところまで、ずれているのかもしれない。

言われるがまま、聖竜は可逆圧縮《かぎゃくあっしゅく》ポケットから秘書端末《ひしょたんまつ》を解凍し取り出してみたが、タフなはずの最新機器が熱を帯び、音声操作にも直の操作にも反応しなくなっていた。

秘書端末《ひしょたんまつ》のバッテリーは内蔵、つまりエネルギーは持ち込みであり、この世界のものは使っていない。だけど端末が動く気配はない。これも「巨悪な振る舞い」の一種なのだろうか？

謎はまだ残る。

「ローグはどうして……いろいろ詳しいんだい？」

（戦いを制するのは肉弾戦ではない。情報戦だぞ。聖（制）する竜なのに時代錯誤《じだいさくご》なんだな）

どでかい闇色オオカミのローグは、自分自身が放った冗談に対し、破顔《はがん》するほどニンマリとしていた。まさかオオカミに「情報戦」だなんて言われるとは思っていなかった。

だけどこれは狭量《きょうりょう》な自身の偏見そのもの。まぁローグに放たれた冗談は、オヤジギャグと等しいのが難だけど。

そんなひととおりの情報は「フォトン」という名のドラゴンから仕入れたと、ローグが淡々と語った。部外者、そう、ローグのようなゲートからの侵入者に対しても、とても親身な門番だったという。

「いやっ、光香《ひかり》、……フォトンは門番じゃない！」

（じゃあいったい何者なんだ？）

「光香《ひかり》は優しい僕の、そ、その……ま、まぁちょっとした知り合いで捜してたんだ！」

聖竜の言葉の終わりは、訴えかける調子になってしまった。光香《ひかり》は敵対心に火をつけないよう、かつメチャクチャに拓《ひら》かれたゲートを閉じようと、あくせくしているのかもしれない。

大柄なオオカミ、ローグは「ははーん」とばかり、獣の頭を大きく揺らしている。無理もない。自分の顔がほてっているのが、自分自身でわかるから。

（安心するがいい。わしはプライバシーの尊重を心得ておる）

またしてもローグのニンマリに、してやられた。そして獣の太く厚い前足で、まるで励ますよう肩をとんとん叩かれた。まさに……、こんなあけっぴろげなやりとりができる相手を「友達」と呼ぶのだと、聖竜はなんだか感じ入っていた。

それに信用できる言葉で光香《ひかり》の無事がわかり、ちょっとだけ安心できた。反対に異世界で異種族の友、ローグは不安そうな気配を漂わせている。

いわく言《い》い難《がた》し竜の世界でも、エネルギーの巨悪は起き始めているゆえ、このまま「生き物」は全滅する黄昏時《たそがれどき》が来たのかもしれん、と半ば落胆《らくたん》した雰囲気でつぶやいた。

（わしはくやしい。エネルギーのせいで……こんな、すべての世界が壊されていき……）

《おや、これまで生命体をはぐくんできたエネルギーを逆恨《さかうら》みするんですか？　しかもエネルギーそのものは生き物と、みなしてくれないんですか？》

「な、なに！」

声のもとは聖竜が持っている秘書端末《ひしょたんまつ》だ。故障していたはずで、しかもこんな偏屈な話などしてくるわけがない。もしかしてエネルギーが道具や機器の動力源から進化し、機器を操作するよう、振る舞いだした？

これこそが「エネルギー神の凶悪《きょうあく》な振る舞い」なのか。人間にもドラゴンにも化けて文明をあやつろうと――。

「ウオオォーーーン！」

野生の吠え声をとどろかせたのは、ローグだった。ローグは高らかな咆哮《ほうこう》とともに、聖竜の腕に獣の前足を叩きつけてくる。危険な秘書端末《ひしょたんまつ》は弓なりに、木々の合間へ吹っ飛んでいった。

それでもローグは初めて浮かべる猛々《たけだけ》しい眼光をもってして、聖竜の体へも筋骨隆々《きんこつりゅうりゅう》な全身を激しく押し当てる。続けざま弾力のある腹の下へ引き込んだ。彼の全体重がかかると聖竜は気を張ったものの、ローグの体はまるで雲を思わすように軽い。ハグしたときと重さが違う？

その直後だった。うす暗くなってきていた周囲をこうこうと照らすほどの、まばゆい光がスパークした。おそるべき明るさの火花放電だ。

ジュッと音を立てて、近くにあった木が消滅してしまう。不気味なせせら笑いを響かせ、モヤモヤした紫色のシルエットが浮かびあがってくる。うっそうとしたこの場で、聖竜とローグはそいつと対峙《たいじ》するはめになった。

ローグのとっさの守りに感謝し、聖竜は急ぎ、身を起こした。紫色のモヤも、いろいろな世界の偵察に来ていた可能性が高い。聖竜はそっと、いや、ぎゅっと、頼れる友のオオカミに身を寄せ、バチバチ火花を散らすエネルギー生命体をどやす。

「前にも会ったな。エネルギー生命体！　凶悪《きょうあく》に振る舞うわけを言え！」

「……いいなぁ、キミたちは触れ合えて。けどエネルギーを奴隷《どれい》として扱っていたのは、キミたち物質生命体だよ」

目の前に浮かぶエネルギー生命体は、ノイズさながらのキンキン声で応じてきた。その言葉にショックを受けたのは聖竜のほうだった。時代は進みに進んだ。そしてよもやエネルギーが進化して意識を、自我を、望みを持つ存在へと昇華《しょうか》したというのか――。

（惑《まど》わされるな！　聖竜よ。わしの体をつかむ聖竜の手には、たしか……血というエネルギーがかよっているはず。そんな自らの手は奴隷《どれい》なのか？）

ローグの強い口調が脳裏《のうり》に広がった。ローグはすばやい考察も一流だ。そのとおり自分の、この手は奴隷《どれい》じゃないうえ、血は純粋なエネルギーといえない。純粋なエネルギーとは光のような波動する存在だ。

うなずく聖竜。するとローグがさらに機転を利かせる。姿こそオオカミでも、文化のレベルはかなり発展していると、うかがい知れた。

（わしが量子力学《りょうしりきがく》の基本を教えてやろう。わしらが観測することでエネルギーをふくむ物体は、この世に存在することになる。観測していない状態だと、物体はただの波動（上下に揺れる数式上の波）となって、この世の〝存在〟にはならない）

「そ、そうなのか？」と、真っ先に驚いてしまったのは、目を見開く聖竜自身だった。量子力《りょうしりき》学《がく》のうんちくは、あれこれ学んだけれど、これほど単純明快に教えられたことは一度もない。

ローグは鋭い目つきのまま、こちらを叱るよう顔を寄せジロリと見てくる。

相手を威嚇《いかく》するしぐさに変わりはない。ただ開かれた牙多きローグの口は、獣たる臭いこそないものの、湿度の高さは人間ともドラゴンとも違うようだ。

（むう。まったく、そなたが説明に驚いてしまってどうするのだ？　とにかくだ。わしらの存在なしには、エネルギーもまた存在できないのさ）

「その一般的な理論はまもなく、我らに当てはまらなくなる。それに気づく、でしゃばり者には苦痛に満ちた、哀れな死が訪れる。今後、例外なく」

耳障りなキンキン音で、にべもなく告げてきたが、エネルギー生命体は「未来」に起こるであろうことまで示している。だがなにより、ローグの指摘はかなり当たっているらしく、紫色のモヤがより色濃くなった。ググッと密度を濃くしたのだろう。

相手は例のごとく密度を変え、硬い体表を持つ生命体へ変身する気でいる！　ローグの……、いいや、友達の嫌う「肉弾戦」に突入してしまう。自分も情報戦で挑むんだ！

まだカタチの定まっていないエネルギー生命体は、波動性の産物に違いない。しかも紫色だ。紫外線は人間にとって有害だとの話は常識。そいつの波動はかなり激しいので妨害する波動をぶつけてやれば、勢いがなくなり弱っていく。さっそく策を伝えようとローグの三角形の耳に口を寄せた。

（聖竜、待て。慣れないだろうが強く念じてくれれば、そなたの声はかろうじて聞き取れる。念じてくれ。力を持つ、わしの友よ）

ふたつの言葉に聖竜はハッとさせられた。やはりこの自分の中には、コンバート・エメラルドが眠っているのか？　そしてローグが初めて「友」だと認めてくれたこと。だが、うっとりしている場合ではない。

（ならローグ。僕の声、聞こえる？）

（ああ、どうにかな。それでなにを耳打ちしたかったんだ？）

わずかな間にもエネルギー生命体はどんどん、硬いカタチへなり変わりつつあった。物に変身されたら、このへっぽこ頭で考えた案は通じなくなる。念を飛ばし聖竜は、ローグに濃霧《のうむ》を生み出せるか問いかけた。

ローグへ顔を寄せたとき、彼があまり呼吸をしていない点は見抜いた。さらに猛烈な湿気と、したたる唾液とで確信を得ていた。水素と酸素を反応させて生命の源としている生命体ならば、あの水は排気ガス、もとい、排気された水だ。

こんなふうに水を扱うプロフェッショナルならば、できるかもしれない。水分は波動とぶつかって相手の威力《いりょく》を減らすための素材だ。これは、世界が変わろうとも同じはず。

（……むう。なかなか理にかなっているな。エネルギーの威力《いりょく》はゼロにこそできないが、直進性をはばめる。ま、足止めにはなるってこったな）

（できるの？　さすがローグ！）と、喜びの念を投げたところ、勇猛なオオカミの念には続きがあった。

なにやら剛毛《ごうもう》の体をごそごそやっていたローグが、短刀ほどの牙を取り出し、獣の短い指で巻き込む格好のまま、聖竜の手にぐっと押しつけてくる。早く手にしろと。先ほど秘書端末《ひしょたんまつ》を壊した詫びだというが、別の意味合いを含んでいるのは確実だ。

（そ、そんなこと、あとでいいよ）

（もうわしの考えは、わかっているだろう？　いいから握れ。そうして……、振り返らず全力で走っていくんだぞ。なにせ〝竜〟が世界を拓《ひら》くんだからな）

うなずく聖竜。まだ生き物の温もりが残るローグの牙。残り時間はわずか。

聖竜は両手を握りしめ、黙って大柄なオオカミの毛並みを整えてあげた。紫色をし不定形なエネルギー生命体はスパークで木々を焦がし、距離を狭《せば》めてきている。

ふわっとローグの体が色薄くなった。自らを濃霧《のうむ》へと変えていき、エネルギー生命体との正面衝突を試みるつもりなのだ。エネルギー生命体とやり合った水、それは過去からの遺物「汚染水」となり、元に戻れる場合でも長いスパンを必要とする。

なにより蒸発で気体化していくローグの一部が失われたら、彼はもう生きては——。

（聖竜！　走れ！　いつまで持ちこたえられるか、わからんぞ。わしも、そしてこの世界全域《ぜんいき》もな！）

（わ、わかった）

あふれる涙で視界がぼやけ、聖竜はお礼もあいさつも伝えられないまま、無我無心《むがむしん》でダッシュしていた。離れつつある背後から、すさまじい威力《いりょく》の静電気が放たれているような、甲高《かんだか》い音がとどろいてくる。

だけどこの身に、あのエネルギー生命体の魔手《ましゅ》が伸びてくることは、最後までなかった。

軽く考えていた友情について聖竜は、下くちびるをかみ、感じ入っていた。その優しさ、楽しさ、そして痛切なる重み……。もしも立場が逆だったら、自分には身を張って死へも挑めるか？

（……くっ）

たとえ強制されても命を懸けることなんて、自分には無理だろう。しょせんこの程度の人間男子に、いったい全体なにができる？　自分勝手な「ドラゴン」への想いで、自分勝手にメチャクチャなゲートを拓《ひら》いてしまった。その代償はどうだった？

聖竜には、自分自身に対しての不信感が募ってくる。この調子では大切な光香《ひかり》、こちらではフォトン、彼女とのつながりも正直なところ、あれこれ与えてもらうことが多かったし、本当に片想いだったのかもしれない。光香《ひかり》がドラゴンの自由な身なら、もう、こちらへ戻ってきていて、おかしくないはずだから。

それよりフォトンも、姉のライトと同じ考えの持ち主だとしたら――。

ドスン！

「あっ」

すでにジャングルは突破して、ゆるやかな起伏の夜の野原まで駆け出ていた。ジャリ道へ踏み込んでいる聖竜は、何かと背中からぶつかってしまう。

「……フォトン？」

期待を込めて聖竜はつぶやいたけれど、相手は子供と女性を連れた「夜逃げ一家」を思わす人間たちだった。案の定「隔離《かくり》」場所から、ほうほうのていで逃げ出したらしく、とくに荷車を引く夜逃げ一家の中年男性は、聖竜のなにげないつぶやき声に、おびえ切っている。

「後生《ごしょう》です。ど、どうか見逃してください！　フォトン様のおふれは明日から実行されていきますから――」

「フォトン……が、おふれ？」

「ドラゴンになれない愚民《ぐみん》の我々を守るがための隔離《かくり》が、転じて生《い》け贄《にえ》を捕えておく場に変わったのです」

愚民《ぐみん》……。要はライトが言った劣性遺伝の人間だ。はるか過去のまぐわいで産まれた存在で、自分も愚民《ぐみん》（いやな表現だ）のひとりなはず。ただ生《い》け贄《にえ》とは尋常《じんじょう》ならざる事態だ。

ボロをかぶった夜逃げ一家は、すべての愚民《ぐみん》が〝力〟を持たない点を、体の隅々まで切り開いて証明する「おふれ」がフォトンから命じられたという。フォトン……君はいったい――？

それはいい。こんな生《い》け贄《にえ》騒動になったのは、この身があのとき、証明するのを拒んだからだ。いざ自分が名乗り出ても、ローグは「力を持つ者」と伝えてきていた。

聖竜は単にドラゴンたちが自然界からエネルギーを取り入れ、扱うため、忌々《いまいま》しい連中から天敵と見なされている。こう考えていた。

ただ、理知的なドラゴンたちはエネルギーを取り入れまくり、全滅させるようなことはしないよう。〝力〟の使い方を心得ている。

一方で現代の人間はどうだ？　おそらく無尽蔵《むじんぞう》なエネルギー源と関わる〝力〟を得たら、かつての石油王のごとく、ふるまうのではないか？　警告されておきながら結局、枯渇《こかつ》させてしまった石油・石炭資源のように……。

不意に考えを中断させる、高飛車《たかびしゃ》な雰囲気の太い声が野原を震わせた。夜逃げ一家は荷車も捨て、もろ手を上げて遁走《とんそう》し始める。

「お、お助けを～～！　フォ、フォトン様、じきじきに……あぁ」

「なんだって？」

驚いて夜空へ顔を向けると、大型でりりしい体躯《たいく》を俊敏《しゅんびん》に飛ばし、荷車を容赦《ようしゃ》なく踏みつぶした真の姿の……フォトンと叫ばれたドラゴンが、舞い下りてきた。二足でどっしり降り立ち、雌《めす》のような曲線美の女体をあらわにしてくる。

だが見た目と行動が一致しない。

「や、やめるんだ、フォトン！　光香《ひかり》！」

混乱のおびただしいなか聖竜は、興奮して荒い息ながら、尾を振り上げたフォトンと夜逃げ一家との線上へダイブした。もしこのドラゴンがフォトンならば、決して——。

「ぐえっ！　うぐぐぐ」

聖竜の甘い考えは蹴散らされ、体に叩きつけられたフォトンの尾から、激痛が広がってくる。手加減は一切なく、相手が演技をしているとも感じられない。そして聖竜の心は、体に受けた激痛よりも数十倍はあろう、痛みと嘆《なげ》き、怒りで暴走していた。

どうあっても人間とは姿も考えも、〝力〟も違い、相容《あいい》れない異なる存在。だから過去に「七色空間」を突破し、ドラゴンたちは新天地へ移住していったのか……！　おとぎ話のドラゴンも、人間が描いた理想像に過ぎず、実在なんてしてやいない！

「……くっ。世界が違えば、……赤の他人ってこと、か？　フォトン」

「グルル……」

口からしたたる血を手でぬぐい、聖竜は体勢を立て直す。続けてローグから譲《ゆず》られたナイフ形状の牙を前面に構え、真の姿に戻った元、光香《ひかり》、現フォトンと目と目を合わせた。

光なき闇だけの世界では、「定めを破った」という大義名分までできた仮想粒子《かそうりゅうし》の多い根源たる者が、他の世界へつながるゲートより、さまざまなカラーとなる惑星地球を眺めていた。

科学一辺倒の人間だけが住まうブルー・スペース。懸命にあの事故が不可抗力《ふかこうりょく》だったと示そうとするドラゴンのグリーン・スペース、ともに混乱状態に陥っている。

下位に位置する仲間は、次々に「おもしろい」データをもたらしてきていた。仲間は人間やドラゴンの姿へ偽装するなど、同士討ちへの破壊工作も進めている。

《ふふ》

なかでも、これまで天敵だと思わされていたドラゴンどもの、意外なウイークポイントに関する事柄《ことがら》は大きい。

発見された当時から、相変わらず変わらぬ「質」のエネルギーを使うブルー・スペースの人間どもも、もはやジャマな存在にはならないだろう。むしろ奴らは、エネルギー資源の奪い合いで自滅するのではあるまいか？

他のカラー、レッド・スペースの大気は原始のガスが主体で、文字どおり原始的、野性的な生命体しか存在していない。なので、これもまた問題にならない。

まもなくタイムリミットとなるが、海に暮らす者は陸を、陸に暮らす者は空を目指す進歩を選んだ。それが生命体というもの。空を制したドラゴンどもは〝力〟でゲートを造り、いずれ新天地を開拓していくつもりだったのだろう。

いや、時期尚早《じきしょうそう》と、たもとをわかったブルー・スペースへ、再コンタクトする腹積もりだったのかもしれない。だが「人間」との共存関係はますます難しくなったろう。ブルー・スペースで孤独な王者を気取る「人間」は、我が物顔で宇宙空間へまで進出してきている。

生命体とはみな、未踏《みとう》のフロンティアを目指し、文明を、肉体を、精神を進化させてゆく。これが生命体の与えられし存在意義であり、あるべき姿なのだ。

それは我らも例外ではない。あるべき進化の過程をたどり、いよいよ究極のフロンティアへ踏み込むときが訪れた。そこで我らが命を受けた意義を知り――。

《救いの道を拓《ひら》く〝竜〟が、グリーン・スペースへ潜り込んだ模様です》

《あの、神の啓示《けいじ》と予言されたモノか……。くだらん》

下位の者からの、不穏ならざる意識のメッセージだった。根源たる者は一蹴《いっしゅう》したが、予言どおりゲートを造りし「人間」が現れた。あらゆる事態を想定し、そいつはつぶしておく必要がある。こちらは着々とエネルギーたちが集結中だ。なので下賤《げせん》な生命体どもに、あまり時間が残されているとは思えないが……。

《発見を急がせろ。万一の場合に備え、人間への憎悪感《ぞうおかん》を増やし、植えつけておけ》

《御意《ぎょい》。すでに実行中であります》

こんなときにも、我らの仲間が空間より「逃げ出て」きて、多大なるカタチの一部に混じり込んだ。我らの輝ける行く先、フロンティアはもう目前なのだ。

同じ頃、青色ベースの世界では田之上所長以下、特殊技術班ができることを優先して進めていた。しかし、幾度となく起こる、あり得ない停電に、ため息をもらす者も多い。

明蘭、光香《ひかり》姉妹の父もそのひとりだが、疑問点が口を衝く。

「どうしてランタンの炎や、超蛍光塗料《ちょうけいこうとりょう》の輝きは失われないのかな？　停電騒ぎがエネルギーの反乱だというのなら、炎が反乱に加わらないのは妙だぞ」

「それを言うなら、我々、人間が生きているのも、つじつまが合わない。酸素を呼吸して、その酸化現象をエネルギーとし体を維持しているのだからな。エネルギーの中にも〝お利口さん〟はいるらしい」との皮肉げな冗談にも、父は笑えなかった。

エネルギーを飛散拡散《かくさん》するには、やはり尋常《じんじょう》ならぬエネルギーに頼らざるを得ない。短絡的《たんらくてき》だが残された時間と照らせば地球の爆破以外だと、こんな手しかない。大型試験場では、現代世界の最終兵器になり得るマイクロ・ブラックホール生成システムが、途切れ途切れながら整備されているのだ。

使用許可の根回しは現在、極秘裏《ごくひり》に進行中だ。だが肝心《かんじん》なときに〝反乱〟しないエネルギー源の確保は、めどすら立っていない。いくらなんでも蒸気機関に頼れるわけがない。

わずかな光明は、理由こそ解明されていないけれど、太陽光発電の設備が通常時の五〇％程度に落ちるが、エネルギー源としてまだ稼働していること。太陽も燃えさかる炎の一種だからか？　未解明なエネルギーを持つからか？

ともあれ、どうか人類がすべてのエネルギーを失う前に、捨て身のチャレンジだけはさせてほしい――。こんな願いの陰で父は自身の娘姉妹、その安否《あんぴ》、これまでの思い出、そして厳しいだろうこの先について、ちらりと想いを馳せた。

2　ドラゴン・スレーヤー

情報戦――。夜の暗がりで聖竜は、突き出したローグの牙を見、彼の言葉も思い出していた。形見となった弓なりの牙は、淡々と語りかけてくる。やるだけやってみろ、と。

「フォトン。殺されるからには、そのわけを知っておきたい」

こう切り出してみて、ありったけの五感を働かせ、フォトンの動向を探った。本物のフォトンかどうかはわからないが、相手ドラゴンからは強い殺意と憎悪感《ぞうおかん》がくみとれ、演技しているとは思えない。

「わけを知ったら、ええっとぉ、とても生きてはいられないよ」

うなりのきいた太い声で応対されたが、どうにも受け答えが他人事のように、不自然でぎこちない。「とても生きては」ということは、生かしておく選択肢《せんたくし》もあるってことか？　聖竜は言葉遊びで食い下がってみる。

「なら、わけを知れば、みんな死ぬんだろう？　わざわざ殺す必要はないぞ」

「む、むむむ……？」

目の前に二足で構えるドラゴンはスリムな体形だけど頭は「スマート」じゃない。自分自身が告げた言葉で、自らが混乱してしまっている。少なくとも光香《ひかり》は、こんなに頭の回転は、鈍くない。

危険なシチュエーションに変わりはないものの、しばし体の痛みも忘れ、聖竜は安心してしまった。そこへ逼迫《ひっぱく》した様相《ようそう》の夜逃げ一家が走り寄り、腕を引いてくる。

「チャンスです！　逃げましょう。ドラゴンは光のない夜を苦手としています。今なら彼を振りきれるかもしれません！」

「なに、彼？　彼だって？」と聖竜のうわずった声は、夜逃げ一家にあわてて静められた。まさかまさか僕の光香《ひかり》は「男の娘」だったってこと？　世界の危機よりなにより、聖竜にはそのショックが大きすぎ、骨ではなく心が折れた。完璧に、しかも複雑に折れた。

（くそったれ、彼だと！　心をもてあそんだ代償は大きいぞ！）

ただ、こんなときでも聖竜は孤独な情報戦を続けていた。いくら頭の鈍い「彼」であろうと、活動時間の昼間になったら、他のドラゴンとともに殺戮《さつりく》を再び始めるだろう。夜逃げ一家に訊《き》けば、「隔離《かくり》」された場所はすぐそことのこと。

こうなりゃ一蓮托生《いちれんたくしょう》だ。自分だけ逃げおおせるつもりはない！

「ウ……グガァァァ！」

だが突然、スイッチでも入ったように、ドラゴンの彼が、開いたアゴを振るい、襲いかかってきた。全力ダッシュしても、それほどの距離は逃げられない。ここで夜逃げ一家の中年男性が荷をほどき、しばっていたらしい荒縄《あらなわ》を転げ落とした。そうか、これは使える！

「わ、わかった！」

脇目で見た聖竜は細長い岩と一緒に拾い上げ、荒縄《あらなわ》の両端へ結びつけた。そしてやはり「古典映画」で見たとおり、恐竜さながらの足へ絡まるように投げつけてやる。

「え、やあっ！」

ドラゴンの足首に当たった荒縄《あらなわ》は、岩が振り子となってぐるぐる巻きついた。当然、足がもつれたドラゴンは巨大な身を前のめりに崩す。

ド、ズドドーン！

暗い野原を震わす地響きがとどろいた。走る聖竜は改めて「情報」の大切さを思い知らされる。情報収集に徹しながら、とりあえず逃げおおせなくてはならない。すでに転んだドラゴンが、ばさりばさりと翼《つばさ》を使おうとする音が聞こえてきているからだ。

しかも体勢を取り戻しつつあるのか、翼《つばさ》の風切り音がどんどん近づいてきていた。現在は夜。星明かり程度の光しかないのに、どうして彼はアクティブに振る舞えるのだろう？

「はぁっ、はっ、はっ、はぁっ！」

聖竜の息があがってきたところで、目の前に星空を美しく反射する、鏡そっくりな大きい湖が見え隠れしだした。行き止まりへ追い込まれたのか？

「早く、こっちこっち。漁場だったこの湖に潜るんです！　水中洞窟までドラゴンは来られません！」

「な、なるほど！」

さすがドラゴンと共存していたプロフェッショナルな人間の提案だ。水中に長く居られないとは自分の記憶にもあるけれど、あの姉さんドラゴンのライトは、この身の熱をも吸収していた。だとしたら、熱気漂う温泉なら大丈夫なのか？

頭の固い自分には、やわらかな排熱《はいねつ》を有益なエネルギーへ直接変換しているとは、とても思えない。古い歴史資料で知った、電熱線やコイルと似た現代文明の要となる、電磁誘導《でんじゆうどう》の〝力〟、それらとも違う未知なる何かが使われているのかもしれない。それはいったい――？

「お悩み事なら水中洞窟でどうぞ！　うわっ、き、来たぁぁ！」

夜空を仰いだ中年男性がわめく。男性は家族同士で手をつなぐと、じゃぶじゃぶ湖の中へ突き進んでいった。あとを追うように聖竜もそのまま水をかき分け、湖へ入っていく。

息を大きく吸ってから、素潜《すもぐ》りを始めたとき、湖面を揺らす狂ったような咆哮《ほうこう》が、ゆがんで水濡れた全身を振るわせてきた。夜逃げ一家の子供には、素潜《すもぐ》りはキツくないかな。

少し心配だったが水中洞窟は「洞窟」というより、キノコさながらのドーム状になった不思議な場所を示していた。

過去の文明の痕跡《こんせき》なのか遺跡なのか、それはわからない。逆に、キノコ地形の軸の部分がトンネルになっていることは、わかった。それも隔離《かくり》された場への水脈、そう、井戸へ通じているという。

おびえる夜逃げ一家に「顔役《かおやく》」を教えられ、聖竜は単身、隔離《かくり》された場へ、しま模様のなめらかな鍾乳洞《しょうにゅうどう》から、トンネルを駆けて侵入する。ところが頭を出すと、その場は隔離《かくり》という言葉が似つかわしくないレンガ造りの街だった。

雰囲気としては中世の城下町を、そっくり再現したようなもの。ここで人間は敵（エネルギー生命体？）から護《まも》られ、また、ドラゴンたちの武装や装備品を作りだしているみたいだ。

平和的だったこの歯車の回転を、自分の欲望を満たしたいがばかりに壊してしまった。おかしくなった回転を元に戻さねば……。聖竜はさっそくレンガと石造りに見える〝街〟を進み、初老の顔役《かおやく》と脱出の算段を話し合った。

「聖竜殿。お忘れかな？　我々は姿こそ人間じゃが、ドラゴンとの縁者《えんじゃ》なのだよ。ドラゴンとはともに生き、ともに死ぬ。たとえこの時空間の崩壊《ほうかい》が間もなくだとしても」

「そんな……」

あのライトは別としても、時折顔役《かおやく》は科学的な用語を口にしてくる。ここ、緑色ベースの世界がどのくらいの文明なのか、皆目わからなくなってきた。

だけど顔役《かおやく》は「時空間の崩壊《ほうかい》」まで、もはや一日だと言い、その程度生き永らえても無意味だと、脱出プランにガンとして応じてこない。

「崩壊《ほうかい》を止める方法は？」

「わしたちは持たないが、〝力〟の真なる特性を引き出してみることじゃ。聖竜殿にはそれが……」と初老の顔役《かおやく》が突然、意味深げに言葉を止めた。力、生命体、エネルギー、時空間、一見すると無関係そうだが、すべてが絶妙《ぜつみょう》なバランスを保った関係だとも、強く考えられる。

「せめて……、せめてポータブルＭＲＩでもここにあれば！」

「その必要はない。この僕の手を使えば」

背後からいきなり響いた太い声の主は、「彼」ことドラゴンのフォトンだった。シューシュー威嚇《いかく》するよう息をし、街のすぐ上空にはドラゴンたちを、はべらせている。

「……フォ、フォトン王子」

初老の顔役《かおやく》は半分あきらめたように、頭《こうべ》を垂《た》れた。気づけばすでに、レンガの街並みが朝日に白光りする時間帯だった。や、絶体絶命だが落ち着け。エネルギーとは、たとえば「熱い」「冷たい」など何らかの差が作りだすもの。

そして差同士が混じり合ったり、干渉《かんしょう》したりすれば、意外と簡単に扱えるのだ。ドラゴンが光の下で活動するのなら、その一員となる電磁波との関連性は間違いない。だとしたら、ちょっとした刺激で不意を突けば――。

「あの……ちょっと失礼します」

猟のためのアミだろうか。それが干されている鉄棒を聖竜は、アミごと引き抜いた。そのまま、思考がちょっと鈍いフォトン王子へ鉄棒を投げると、攻撃は食わないとばかりに前の手で、彼はがっしりつかみとった。その瞬間だった。

「ガァァア！　えええ。ま、またかぁぁぁ……」

金属製のアミと鉄棒の一部から、猛々《たけだけ》しい火花が飛び散った。なにもできず、短くうめいたフォトン王子は石畳《いしだたみ》の通りに、あっけなく崩れ落ちてしまう。

「おぉぉ、愚民《ぐみん》たる人間が……フォトン王子を一騎打ちで倒した！」

「スゴイぞ！」

集まりだした人たちから、どよめきがウエーブするけれど、聖竜にとってはどうでもよかった。ドラゴンのエネルギー源の大半は、自然界に存在する電磁波そのものだった。

いいや、厳密にはドラゴンたちは周波数《しゅうはすう》の差をもとに、体の代謝機能《たいしゃきのう》を働かせていた。だから「七色の周波数《しゅうはすう》を持つ空間」ですら代謝《たいしゃ》でき、渡り鳥のごとくトンネルする。でも、糧《かて》にすべき周波数《しゅうはすう》が限度を超えたのに違いない。

音量が大きくなりすぎた音楽と同じだ。そうなると耳を痛めるノイズでしかない。

さらに時速一万キロで走る乗り物より、一〇万キロで走る乗り物のほうが、多くのエネルギー（燃料）が必要となり、混ぜ合わせ方も激しくなる。何らかの理由で食料だった電磁波の周波数《しゅうはすう》が高まったため、激しい代謝《たいしゃ》が求められ、ドラゴンはすぐに息を切らせていた。

これはこの世界だけの問題ではない。今は意図的に電磁波エネルギーを呼び寄せてみたが（電波を受信したようなもの）、超高周波数《しゅうはすう》の電磁波が地上に降りそそぐ事態になったら、ひとたまりもない。

強力な紫外線照射で「殺菌処理《さっきんしょり》」をするように、生の肉体を持つすべての生き物は全滅だ！エネルギーの反乱というより、「エネルギー生命体」自身が生命科学の根源をくつがえした新種誕生といえる。

「そして僕が求める答えは……、七色空間の外にある！　僕はそこへ行くぞ！」

「周波数《しゅうはすう》とは波動、つまり一定間隔で往来する波でしょう？　そんな波動が意識を宿すなんて、バカげてるわね」

「な、なな……」

どうやら聖竜は考えの一部を口走っていたらしい。せっかくの決意に水を差す、しゃがれ声に気づいた。

お相手として、崩れ伏したフォトン王子を尻に敷くよう屈む、泥や粘液にまみれ、さらには異臭を放つ汚れたドラゴンが待ち受けていた。重なるウロコも汚れのせいか、まったくさざめかない。

「うっ……くぅ」

お相手は、石造りの建物サイズは優にあるので、その分、どろどろ状態と嫌悪《けんお》する臭いの強さもハンパではなく、あんなに夢見た「ドラゴン」だと思いたくないほど。少なくとも「友達」にはなれない……、できれば、なりたくないタイプだ。

手を口元に当て、ちょっと顔をしかめた聖竜を見下ろし、お相手の「どろどろドラゴン」は自嘲《じちょう》気味《ぎみ》に笑んでいる。その鼻先が揺れたせいで、ヘドロみたいな汚れがしたたり落ちた。

「いや待てよ！　波動でもFM電波みたいに、密度が変化するのなら信号となってだな……」

「はいはい。しょせん波動は二次元世界の産物よ？」

「この声の音波は空気の縦波で、電磁波は横波、つまり縦横のある波動は三次元の存在だ！」

ガンと相手を見上げて声を荒げる聖竜と、どこかクールさを漂わせつつ応戦してくる「どろどろドラゴン」との、今度は言葉による一騎打ちが始まった。増えてきた聴衆《ちょうしゅう》や辺りを舞うドラゴンたちを、完全においてけぼりにして……。

ふっかけられた議論は買ってやる！　この自分が、たかが言葉ごときに打ち倒されるもんか！

にらみ合う激論はしばらく続いたが、ドラゴンには刻一刻《こくいっこく》と体で受けとるエネルギーが強くなってきているのだろう。あの網が反応したのも、そのせいだ。

当のお相手は不意にあえいで息を乱し、過呼吸状態となってしまう。勢いよく、話し過ぎたせいもあるかもしれない。

「ガアッ、ハァッ、ハハッ」

「だ、誰か医術に、長けた方いませんか！」

だがドラゴンを診てくれるお医者はいないようだ。そもそも、どろどろに汚れて臭うドラゴンへ、この世界の住民でさえ距離をおいている。応急処置は簡単なのだが、目覚めてきたフォトン王子ですら、お相手を見て躊躇《ちゅうちょ》した。

「……あの、そう。いくら、キ、キミ、でも……ぼ、僕は、あまりに」

「グッ、ハァッ、ハッ、ハハッ、ウグッ！」と過呼吸からショック症状へ進行していく。

人間の場合は酸素だけど、とにかくエネルギーの代謝《たいしゃ》に使うものの濃度を薄めてやらないと、取り返しのつかないことになり得る。現状では、呼吸を共有するマウス・トゥ・マウス法が最善だ。

「フォトン王子様は、ほんと、役立たずだな！」

こう吐き捨てたものの聖竜自身も見た目だけで嫌悪《けんお》して、単細胞生物みたいな狭量《きょうりょう》な心の持ち主だった。だけど知的生命体なら変われる。気づいた時点で、自分自身を戒《いまし》められる。それが誇れる知性というもの。

聖竜がお相手の鼻先に顔を近づけたところ、大きな彼女は乱れる息のなか、かたわらに生える草をムシャムシャやりだした。これで少しは臭いが消えるでしょうと、ささやくお相手、僕が知るフォトンへ迷わず、口同士を合わせ、新鮮な空気をカットする。

そう、こんな身の嘲笑《ちょうしょう》される仮説にも、冷やかしではなく真剣に反撃してくれる〝ひと〟は、光香《ひかり》しかいない。

いったい「七色空間」の拓《ひら》かれたゲートで何があったのだろう。こんな状態になるなんて、さぞ壮絶だったのだろう。きっと光香《ひかり》、フォトンはゲートからの敵対する侵入者を防ぎ、ゲートがふさがるまで、ぎりぎり粘ってくれてたんだ——。

フォトンとフォトン王子は、たぶん、たまたま同名だったのに違いない。この世界、この宇宙は、時折くだらないイタズラをするから。

フォトンの息づかいがやや落ち着いてきたとき、粘液まみれのウロコの指を手で引き、無言で「なでなで」を求めた。汚れてしまうとばかり、合わせた口と彼女のマズルが横に揺れたけれど、聖竜はかまわずフォトンへひたすらに甘えてみようとする。

「……ふふ」

半ば観念したそぶりで、大きなフォトンがりりしくもやわらかいウロコの指先で、聖なる竜の輪郭《りんかく》をソフトになでてくれる。そしてフォトンは艶《あで》やかなドラゴンの笑みを浮かべた。カギ爪も妖しい輝きを見せるが、本当のフォトンはそれすら愛撫に使ってくる。

「ん！」

反対に腕でグイグイまさぐる聖竜も、心にわき上がってくるのは安堵感《あんどかん》だけだった。

〝僕〟の光香《ひかり》、フォトンはこうして無事だったのだから……。聖竜は大きな彼女のウロコを整え、できる限り汚れや付着物を、腕でこそぎ落としていく。

なんだか久しい気がするけれど、お互いを想って、やり合いや振る舞いも、ともにする、いつものすてきな時間が訪れてきた。姿や環境が違っても、自分の想う心は変わらなかった。

聖竜は胸に秘めた想いを言葉にするには、今、このタイミング以外あり得ないと察した。大きな彼女が息を整えた瞬間、口同士をそっと離して聖竜は告白する。これから先も、ずっと一緒に、優しく、世界を、空間を、宇宙を開拓していきたい、と——。

「ふふん。それ、プロポーズの言葉かい？　残念。ムリだね」

ふてぶてしく太い声が割り込んできた。それはフォトン「王子」の言葉で、彼いわく「彼女は既婚者《きこんしゃ》」なのだという。

「ボクが婿入《むこい》りしたから、名前も〝フォトン〟になったのさ。いやあ、かわいそうだねぇ、キミ」

「えっ、なんて……。そ、そんなの、って。ぼ、僕は」と、わななく聖竜は、身をふらふらさせる激しいめまいに襲われ、「たかが言葉ごとき」にあえなくダウンさせられてしまう。最後に目にしたのは、自身の知るフォトン当人のまぎれもない笑み……。

野性的にエレガントなドラゴンの腕で、聖竜を優しく抱き起こしたフォトンの声は、当人には届いていない。

「聖竜！　あ、あたしの聖竜！　いいわ。……あたしはここに、古きならわしの履行《りこう》を宣言します！　聖竜は栄えあるドラ——」

3 文明と生命

膨張《ぼうちょう》するこの宇宙がやがて収縮《しゅうしゅく》に転じ、ビッグクランチにより破たんすることは、観測データから予想されていた。ただ、早くても今後五〇〇億年以上は、気にしなくてよい結果だったもの。現在、それ相応の事態が起きるまで残り一日となった。

ショートヘアを整える明蘭は、それらの簡単なレクチャーは受けていた。当然のごとく深宇宙観測所の所員、人間たちも白衣を揺らし、動きまわっている。

「もう一度だけ、超高解像度ＭＲＩ検査につき合ってもらえるかな？」

「かまいませんよ」

静かに応じる明蘭は、アゴに手をやる白髪の田之上所長に連れられ、透明チューブ状の通路を歩いていた。自分自身も世界の情勢に左右されず、純粋に手助けしてみたい――。

こう思わされたのは、半殺しのところまで追いつめたのに、それを抜きに毒ガスから護《まも》ってくれた聖竜の真心を知ったからだ。理由は、自分の姿があちらでは彼の追い求める「ドラゴン」の姿だったからかもしれない。

しかし明蘭にとっては、こちらを想って信じ、ウロコの胸元にまでくんくん甘えてきた初の人間だったし、あちらの世界でもドラゴンと姿が違う人間との間には、カベができていた。

なんとなく妹の光香《ひかり》こと、フォトンが聖竜と一緒にいるわけがわかったし、不可能と思えることも、恐れずチャレンジできる数少ない人間だとも感じた。だから自分も、ちらちら耳にしたエネルギーの「質」に、なにかヒントがあると踏み、自らこの場所を調べ出したのだ。

「君には感謝しているよ。じゃが、体力はまだ持ちそうかね？」

「ええ、まだ……大丈夫です」とは答えたものの、ドラゴンの体内にあるはずのコンバート・エメラルドに貯まっていたパワーは減ってきている。明蘭からのパワーが無線伝送され、観測所で扱う動力源となっていた。

あのとき、聖竜を抱いて間接的にでも「食って」やろうと、実は気絶してもおかしくないくらいにエネルギーを奪った。自分はもともと、ただただ甘えさせるほど寛容《かんよう》なほうではない。

ところが聖竜はノーダメージなうえ、この身は「質」の違うエネルギーという漠然とした感覚にとらわれた。これが現在の自分になんらかの変質をもたらし、この世界でも〝反乱〟しないエネルギーのわずかな提供ができている。

「マイクロ・ブラックホールを使って……その後はどうするんでしょう？」

明蘭は雰囲気が重い・軽いを気にせず、話題を田之上所長へ振った。所長はわかりやすく、クリーナーでエネルギー塊を吸いつくし、重力源の奥底か別の時空間へとどめる・放出させるなど、「無責任」な策だと教えてくれた。

ブラックホールの内部は物理学が破たんしているので「存在し得ない場所」とされている。だから莫大《ばくだい》なエネルギーも呑まれればまた、存在し得なくなると……。まさしく無責任だ。だけど無責任とだけでは、済まされない事柄《ことがら》がある。

「地球は影響を受けませんか？」

「そうだな。地球軌道《きどう》を火星重力圏《じゅうりょくけん》まで移動させるゆえ、マイクロ・ブラックホールの影響は及ばないだろう。理論上は……」

「理論上は、……ですね？　そこまで地球を動かす推進力とは、いったい？」

半ば肩を落として明蘭は知らずと「救いし道」を拓《ひら》けそうな聖竜に、希望を託していた。そんな願いも次の言葉を受け、粉みじんになってしまう。

「月を誘導爆破させ、その衝撃波に地球は乗る。むろん地球全体を力場のシールドで覆って守るがね。その後はサーフィンと同じ原理だよ。これなら希望が持てそうじゃないか？」

「わたくしは水中に長く居るのが苦手です。それよりこんな重要なことを……相談なしに決めてしまった？」

「ん？　誰と相談するのかね？」

白髪を手でとかした田之上所長が、ぎこちない笑みとともに声色を変えた。続けて意味ありげな目つきで話された内容は、明蘭にとって驚くべきもの。

「ドラゴンの大編隊と相談かね？」

（まさか！　エネルギー生命体との最後の交換条件だった「エネルギー奴隷《どれい》の解放」について、わたくしの手の内がバレている？）

全世界の大型核融合炉《かくゆうごうろ》の位置は把握《はあく》し、考え抜いた末、……あの聖竜とは違うメンデルの法則の「ピンク色」を待機させている。なので最先端のここへ訪れ、〃力〃の解明で人間が「代替品《だいたいひん》」を持てるよう配慮していた。〃力〃の謎が解けないとき、この世界はやつらとの条件に従って――。

（なに、結局、どの世界も同じこと。自分たちさえ生き残ればいいという我欲《がよく》の塊《かたまり》じゃない）

「ドラゴン……、いいえ」

考えた末シンプルに応じた明蘭だったが、携帯通話機と格闘していた田之上所長の顔色が見る間に青ざめていった。そんな人間は、こめかみに両手を当てて、がっくりと両ヒザを突く。

「……ま、まさしくドラゴンの大編隊。サタンが世界に降臨《こうりん》した――」

（あり得ない！　まだ合図は出していないわ）

ええ、父もゲートを使い、エネルギー生命体との和平条約を、水面下で進めているはず。この世界では「奴隷化《どれいか》」と称されるエネルギーの解放が条件だった。しかし、そんなことをしたら文明活動は止まり、人間たちも死に絶えていく。

そのため、自らの命を顧みない同志を募っていた。エネルギー生命体の条件が呑めなければ、どのみちこの世界と人間たちは滅びる。

だから体内のエネルギーをこんな身のように放ち、こちらの世界のライフラインを維持できるかもしれない屈強《くっきょう》な同志たちを、待機させていたけれど……。場合によっては真逆《まぎゃく》の指示を出さねばならない？

（つまり人間のライフラインをこっぱみじんに破壊させ、電磁誘導《でんじゆうどう》により作られたエネルギー、そう、奴隷《どれい》の解放を行わせること……）

今、僕はどこにいるのだろう？　感覚はないが体は、ぼんやりとした七色の果てしない空間に浮かび、猛烈な輝きの点を見つめていた。上下左右前後の広がりのない点は、一次元の存在だ。

そんな聖なる輝きを持つ点に、七色にゆらめく空間から後光《ごこう》さながらの刺激が与えられた。ゆらめく空間の一部が濃く、いいや、密度が高くなって明るい光を放っているのに違いない。

すると光の点が、まさに神さまの一撃のごとく伸び、さらに刺激を受けると光が波のように脈打ちだした。点だけの世界とは違う、二次元世界の誕生だ。

ゆらぐ空間からの刺激は続き、光の波、そう、波動がヘビそっくりに方々へ脈打ちだす。そのままどんどん不規則に脈打つ波動は広がり、聖竜を呑み込んだ！

見える世界が暗転したけれど、脈打つ波動はそのまま、空間のブレをも作り、ブレはさまざまなものを形作る分子、そしてガスの密度を高めていった。ガスが高密度になったところには「火」がともる。原始の恒星《こうせい》・太陽が生まれた瞬間だ。

やがて波動は役目を終えたのか、人間の目には見えなくなった。ただ、今なお「波長《はちょう》」という言葉は健在であり、あらゆるものは特定の波長《はちょう》を放ち、逆に波長《はちょう》から「物や物質・素材」を特定できる。切っても切れない縁だといえよう。

色や物、生き物から機械までひっくるめ「見る」こととは、それらから放たれた波長《はちょう》を目の網膜《もうまく》が受けていることを示す。自分たちが住まう宇宙は、たとえ広大な真空中《しんくうちゅう》であっても、うん、網膜《もうまく》がうまく受けられなくとも、波動と物質で満ちあふれているのだ。

人間の「脳波」も、微細《びさい》な電流が脈打つ波動の一種。だとしたら、はたして脳波という波動の具合が自我の原材料なのか、自我という「意識」は別のものに生みだされたのか、現代科学でも解き明かされていない。

ただひとつ、こんな宇宙で中立を保つ例外的な存在があって――。

「……りゅう！　聖竜！　もうそろそろ意識が戻ってきても。ねぇ！」

重力推進特有の音とともに、せっかくの大和撫子《やまとなでしこ》な雰囲気が泣くような、光香《ひかり》のどやす声がうすぼんやり聞こえてきた。

淡い色の金属部屋で重力推進系のノイズが響くところをみると、この身はどこかへ移動中だ。後部シートに寝かされており、楕円形《だえんけい》にワイドなガラス張りの前面コントロール席からは、喪服《もふく》を思わせる寂しそうな姿の光香《ひかり》が、肩越しにこちらを眺めていた。

この身は……真新しいユニフォームっぽい服装になっている。

「……僕を、青色ベースの現代世界まで、運んで、くれ、たんだね」

「さぁどうかしら？」

まだ意識ははっきりせず、ふらふら。だけどまたしても肝心《かんじん》な部分を「聞きのがした」気がする。白昼夢のごとく自分が目にしたものを、どこまで信じていいのかわからない。

単にパニックを起こした脳が、焦って知識の引き出しを開けまくった結果、フィクションでいてファンタジーのような生々しい夢を見ていたのかもしれないけど……。

「あのさ、光香《ひかり》。また……あと少しだけ、待てなかったの？」

「惰眠《だみん》は寿命《じゅみょう》の敵よ。敵の思うつぼにならないよう、早く活火山へ飛び込まないと！」

「え、ええ？　ぼ、僕はそこまで悲観していたのか……」と他人行儀に振る舞った聖竜は、刺激性の高い内容で一気に頭がクリアになってきた。もう何度目の気絶だろう。あまり頻繁《ひんぱん》に起こすと、脳みそが本気でお釈迦《しゃか》になってしまいそうだ。

それに今回、気絶した理由は不可能だった光香《ひかり》、フォトンへのプロポーズのせいだった。今後、彼女とはビジネスライクに割りきって、つき合っていかねばならない――。

「も～う！　それが欲しいものを力で奪い取ったドラゴン・スレーヤーの姿なのかしら？　これ、新婚旅行でもあるのよ」

「はい？　新婚旅行？　だって光香《ひかり》さんは、あのぼんやりフォトン王子様と結婚してて……」

「いまさら、さん、づけ？　あたしがドラゴン姿のときも呼び捨てだったじゃない。〝ぼんやり〟王子には、ウロコ一枚触らせてないから安心して」

とても安心できる内容ではない。跳ね起きて低い天井に頭を打ちつけた聖竜は、苦い表情を浮かべながら、もっと「論理的」に話すよう、光香《ひかり》をせっついた。

「はいはい」とうなずく光香《ひかり》。

これは彼女の口グセでもあった。自動運転の状態をちらりと確認した光香《ひかり》が、グレーのシートから半身を乗りだし、説明し始めた。実に……愉快《ゆかい》そうな顔つきをしている。

事の発端《ほったん》は財宝狙いに近い形で、ぼんやりフォトン王子が導入されたばかりの「書類いじり」を使い、婿養子の「設定」をしてしまった。書類上、光香《ひかり》は結婚したことにされる。

こんな彼女は、聖竜と対照的に〝ぼんやり〟系からも、学ぶ点があるだろうと自分を殺し、むりやり納得させていた。ここで連鎖的《れんさてき》に事件がスタートしだして……。

「ねえ、聖竜？」

いつもどおりなのに、なんだかこの顔がほてってってしまった。彼女は気づいているのかな。とりあえず聖竜は何気なさを装い、小首をかしげてみる。

「ねえ、あたしにだったら、斬首《ざんしゅ》させてくれた？」

「光香《ひかり》は、そんなことしないから、話が論理的じゃない。説明はもっと……」

「はいはい」と笑うようにまたうなずいた光香《ひかり》には、ライト姉さんとの……その、行為もお見通しというわけだ。話は続くものの、彼女は握りこぶしを作ると、聖竜の頭をコツンとやってくる。

「助けにくるのが遅い！　それにあたしのあの姿と臭いを、嫌悪《けんお》したわね？」

「ノーコメント！」

どうも説明か尋問《じんもん》か、わからなくなってきた。もともとが「ドラゴン」の身だとはいえ、これは、かなりの恐妻を奪い取ってしまった可能性が高い。そう、たまたまお相手をダウンさせたなんて言ったら、またゴツンとやられそうだが、彼女は昔のならわしを行使《こうし》して、この身の縁者《えんじゃ》となれるよう、自ら「奪略《だつりゃく》」されたという。

「ぼんやり王子とは、これにて、めでたく絶縁《ぜつえん》。少しは……あたしも寂しかったのよ」

「……僕もだ。お姫様」

聖竜は冗談めかしつつ、そつなくふるまうのをやめた。自分自身に正直にいくんだ――。彼女はこの身が「一緒に世界を開拓していこう」とのプロポーズを受け「新婚旅行中」だと言い切ったのだから。

こんな聖竜の言葉も信じてくれていた。七色空間の外に答えがあるというもの。紫外線を超えた色なき世界へは、たとえドラゴンの〝力〟をもってしてもエネルギーが足りないのだという。

だから活火山の爆発的なエネルギーの補助を受けるんだと、聖竜にとってはわかりやすい理論遊びだった。

「光香《ひかり》、いやフォトンの先読み。さすがだよ……」

難しい考えをやめ、聖竜は、後ろへ乗りだしてきていた光香《ひかり》の半身に腕をまわし、グッと引き寄せ、抱いた。論理なんてもの、かなぐり捨てて――。心底、安心し、また、大きく決断してくれたゆえの涙をこらえ、聖竜は豊かな人間の女体を、大胆にまさぐりながら抱き、身をまかせた。

この先もう、独りになんてさせないから……。

そんなハグにも光香《ひかり》は、現代世界ではスリムな腕でいっぱいに抱きしめてくれる。ただ、聖竜のたける想いがあまりに強かったため、身をぎゅっぎゅと押しつけすぎ、光香《ひかり》を前面シートへひっくり返す感じに倒してしまう。光香《ひかり》の笑うような悲鳴が聞こえてくる。

「もうっ！　聖竜、いきなり激しい。飢《う》えたストーカーみたい」

「なんだよそれ！　ロマンチストっていうんだよ」

笑い合いながら告げ、聖竜は体ごと「攻撃」に転じた。しかし光香《ひかり》は本来ドラゴン。こんな「獲物」の御《ぎょ》し方《かた》は心得ているようで、握り合った手と手を丹念《たんねん》に、クラクラするほど気持ちよく動かし、圧倒的な「ドラゴン流」愛撫を生肌《なまはだ》で伝えてくる。

とてつもない魅力とやわらかな色香《いろか》に、聖竜の心は大いに迷う。光香《ひかり》が欲しい。とても。だけどドラゴンのお姫様も、そう感じてくれているだろうか……！

ふっと聖竜の迷いは打ち切りとされた。突然、不吉な真っ赤な光が射し込んできたからだ。

「赤い光……。ローグが暮らしていた世界とも空間のラプチャ（亀裂《きれつ》）ができてきたのか？」

「いいえ違う！　月が……、月が全域《ぜんいき》、燃えさかっているのよ！」

「これって……！」

「検討されてたらしい誘導爆破と、全然違うわ！」

ひきつった驚きの声が、姿勢を戻した光香《ひかり》から飛んできた。最初、聖竜は月面にあるヘリウム3を使った、超大型核融合炉《かくゆうごうろ》の事故だと思った。しかし月全域《ぜんいき》が灼熱色《しゃくねついろ》に燃えあがるなど、規模があまりに大きすぎる。

「攻めてきたのは……エネルギー生命体のほうだったか」と目をみはった。

液状コントロール・パネルを操作していた光香《ひかり》から、悲報が飛び込んでくる。またしても世界的なエネルギーの反乱が起きたとのこと。これでは第一波《いっぱ》となる月面の爆発か何か、想定以上の衝撃波を、地球はまともに食らってしまう。

エネルギーのダウンで地球のシールドは、たぶんもたない。次に、月の破片がメテオと化して地上へ……降る――。

「くっ。……これは反乱劇やマイクロ・ブラックホール作戦どころじゃないな」

聖竜は呆然《ぼうぜん》と言葉を口にし、光香《ひかり》から転送されてきていた現状と、技術的情報を映すパッドから目を離した。本当に、世紀末やら黙示録《もくじろく》とやらがやってきたのかもしれない。

「活火山の火口まで、あとちょっとだったのに……」とは、機械類が止まり、悔しそうな声色でうなる光香《ひかり》。この声を受けた聖竜の頭では、とある問題の答えが浮かぶ。

自分は最初のあのとき、ドラゴンの大編隊を見、空間をもラプチャーさせる勢いだったため、現代世界への侵攻《しんこう》だと勘違いしていた。でもそうじゃない。エネルギー生命体からの波動を止める、もしくはどこかへ逃がす目的でドラゴンたちは集結していたんだろう！

だったらこちらも、同じ手で挑んでみるだけだ――。

「これ、乗り捨てて走ろう！」

「え、ええ」

しぼり出すような声で、うなずく光香《ひかり》。ん、そうか。こんな服装ではエネルギーの波動をまともに吸収してしまう。けれど彼女は「これでいい」という。

「聖竜。あたしの陰に入って。この服と体で、少しはエネルギーの刃《やいば》から、あなたを護《まも》れるわ」

「あ、ありがとう」

感極まる聖竜だったが、こちらの世界で自分ができることはひとつ。エネルギー過多に翻弄《ほんろう》され、ふらつく光香《ひかり》の両腕を首にまわさせる。そのまま聖竜は腕を後ろ手にし、彼女をしっかりおんぶした。半ば強引に、ぴったりとおんぶした。

はじめのうち、光香《ひかり》はびっくりした様子で自身の体を引き、ためらった。まだそこまで気を許してくれていないのか？

残念に思う聖竜だったが、一分一秒を争う事態だ。早く空間の一部をラプチャーさせ、そこへ月からの衝撃波を逃がさないと地球は、現代世界は、エネルギー生命体と戦うまでもない。全滅だ。エネルギー生命体の思いどおりにはさせない！

光香《ひかり》を背負う手に力を込め、聖竜は目前だった岩肌の山頂目指し走った。脱兎《だっと》のごとく走りまくった。活火山の観測所のロボット職員が止めに入ってきたからだ。男女ふたりきり、火口への身投げと誤認識されても不思議はない。

〈これより先は立ち入り禁止区域です。止まってください。止まりなさい！　危険です！〉

「くそっ。くそったれ。なんでいつも、空間を超えるときが試練のときになっちゃうんだろ」

愚痴《ぐち》ったけれど、ここのロボットはどうしてエネルギーの反乱を受けていないのか？

その答えは大きな片手を伸ばした光香《ひかり》が、披露《ひろう》してくれた。彼女が腕をいっぱいに振るう。

ズブリ、スパーン！

光香《ひかり》と契《ちぎ》りを結んだので本当の姉さんとなった「ライト」、まさしくあのカギ爪の生えたドラゴンの手を使い、光香《ひかり》が追ってくるロボットを容赦《ようしゃ》なく切断した。不覚にも生唾を呑んでしまった聖竜に対し、クスッと声をもらしたが光香《ひかり》は実にクールだった。

「あのね、ここはもう、エネルギーの密度が高くて、半分ゲートが開いている感じなの」

「それで……か。なにか別種のエネルギー源でロボットは……」と、ささやく聖竜の目の前へ、ドラゴンの危険な部位がうねうねと見せつけられてくる。ほら恐ろしいでしょう、異なるものでしょう、といわんばかりに……。

彼女は試しているのかな？　契《ちぎ》りって、そんな軽薄な関係しか生みださないものなのかな？

「あっ！　聖竜！　危ない！　いったい何して――」

　聖竜が片手でドラゴンのカギ爪をガッとつかみ、光香《ひかり》はウロコの指を引きそこねたらしく言葉を失う。つかんだ手からは燃えあがる月と同じ色、戦いの色、死の色、血潮がしたたり落ちた。

「契《ちぎ》りへの僕なりの答えだよ」

「……そう、なのね」

　ひと言、光香兼《ひかり》フォトンの手は多くを語らず、珍しく感傷的《かんしょうてき》な声でつぶやいた。聖竜は自分自身の心を体で表現したつもりだったが、的外れだったかもしれない。辺りにはただただ、火口からの甲高《かんだか》い水蒸気音だけが響いた。

　こんな気まずい沈黙の時間は、すぐに終わる。光香《ひかり》を背負う聖竜が火口の縁まで登りつめ、いよいよ七色空間の外へのゲートを作るときとなったからだ。

　またも超高エネルギーで空間にゲートを誕生させるけれど、気のせいか分かれていた空間がどんどん混ざって、ひとつになろうとしているように思える。水と油が混じった先にはさて、なにが待ち受けているのだろう？

　考えつつ聖竜は鉄柵《てっさく》を越え、わずかにマグマの焦熱《しょうねつ》した色が見え隠れする場所へ立った。これで不法侵入その他、また法を犯すことになるが、それ以上に危険なことにだって、慣れっこになってしまった自分自身が怖い。

「どう光香《ひかり》？　可視光線外、えと、色のない世界へのゲートを作る自信は？」

「てるてる坊主《ぼうず》の逆《さか》さ吊《づ》り仮説よりは、高いかしらね」

あのときのことをまだ皮肉げに口にされ、聖竜はムッとして、くちびるを真一文字《まいちもんじ》に結んだ。

しかし怒気こそが聖竜の勇ましさと直結していることに、彼女以外は気づいていない。さらに勇ましさと幸運との関係は根深いもの。

「頼んだよ、光香《ひかり》！　やあっ！」

「まかせて！　世界で唯一の新婚旅行コースにしてあげるから！」

火口観測システムには、連れ合う男女が柵を越えて「身投げ」したと、はっきり記録された。

あざ笑うかのごとき攻撃的な火炎をまとう、月の姿と同時に……。衝撃波も輝きを増して地球へと迫る！

第三章

エネルギー生命体

1　フェニックス・ドラゴンと神

人間の現代世界では、全電源、エネルギーの喪失《そうしつ》はあり得ない構造になっていた。建造物を含む素材そのものに、エネルギー源を電池のように蓄えていたからだ。

供給が途絶《とだ》えても、回転させたコマが急に止まらないように、エネルギーが急になくなることもあり得ない。

ところがよもや「反乱してくる」とは想像の範疇《はんちゅう》になかっただろう。バッテリーなら「＋」と「－」の極性がいきなり入れ替わるようなもの。動力源でなくなるばかりか、利用していたモノも壊す恐れが大きい。

（どうやら平和交渉は失敗したようね。こうなったら仕方ない）

深宇宙観測所内で頭をめぐらせた明蘭は、最低限のライフラインは働かせ、時間を稼ぐべきだと考えた。マイクロ・ブラックホールの作戦に期待しているのではない。

貴重な「置き土産」を残し、この身も分《わ》け隔《へだ》てなく救ってくれた聖竜を信じているのだ。彼は今だって戦っているはずだから。

「あ、あっ、タ、タワーまでもが――」とヒステリックな悲鳴が大部屋に響き渡った。

高台にある明るい部屋から街並みを眺めていると、超高層タワーが重力制御《せいぎょ》の支えを失い、ふらついているのがわかった。あのタワーだけでも倒れれば甚大《じんだい》な命の損失につながると思う。明蘭は「置き土産」こと聖竜のいじっていたコンバート・エメラルドを握りしめた。

（みんな、出番よ。わたくしに命を貸してください）

はっきりとした応答はないけれど、屈強《くっきょう》な体つきのドラゴンたち、そのシルエットが心の中を通過していく。そんな気持ちにとらわれた。待機させていたドラゴンたちは、弱体化していることの世界と現状なら、迎撃《げいげき》される可能性はまずない。

「海外の大型核融合炉《かくゆうごうろ》にモンスター？　いえ、ド、ドラゴンが現れました！　スクリーンの映像を切り替えます！」

「な、なんだと……。ドラゴンだと？」

「無線中継、つながります！」

緊迫《きんぱく》した女性オペレーターらしき声が広がり、要所に設置されていたスクリーンの映像が変わった。ええ、モンスターと呼ぶにふさわしい隆々としてトゲがいかつい仲間を、明蘭はこの身と同じく「非常用電源」として遣《つか》わしたのだ。

連中はこちらの世界へ訪れても姿が変わらない、遺伝子情報の持ち主だ。その分、体力も古代恐竜さながらに強く、その場しのぎだが核融合炉《かくゆうごうろ》の代わりとなれる存在。だけど「質」の違う反乱しないエネルギー提供の代償として命を削る。

やがて精気を失い、体力は底を尽き、日照りに遭う植物のごとく枯れ果てて死ぬ。それをも、いとわなかった誇り高き存在だ。

自分も含めてドラゴンは雑食《ざっしょく》だと、人間の書物にも残されているが、それは生きるために使っていたエネルギー源にも当てはまるようだった。

つまり同じ食べ物を口にしてパワーにできるような、エネルギーの「互換性《ごかんせい》」があるのだ。なので、こちらの世界に数機ある大型核融合炉《かくゆうごうろ》へ仲間たちが展開すれば、出力は小さくなっても、ライフラインはある程度維持されると思う。

現代の人間ならば、びっくりはするだろうが、異端なる者への有無を言わさぬ迫害はしないと信じたい。微生物程度の異・星生命体と人間は、火星や木星の衛星で、すでにコンタクトを果たしているのだから。

(でもそう長く耐えられない。我々ドラゴンも、種族が体力切れで全滅するまでの助《すけ》っ人《と》はできない。あぁ……わたくしを不覚にもそそらせた聖竜よ、どうか早く――)

観測所内、そしておそらく世間も、肉食大型恐竜に魔物そっくりな翼《つばさ》が生えたドラゴンの出現に、戦々恐々《せんせんきょうきょう》となっている。ただドラゴンは愛もを交わせる知的生命体。これに驚いていては、この先の事態など乗り越えられない。

「……せ、正常なエネルギーが供給され始めました。平常時の四割程度です。しかしながらまだ惑星防衛機能、再起動できません！」

「みんな、がんばって」

自分自身にしか聞こえないほどの声でささやいた明蘭は、月が燃え衝撃波が迫る天空《てんくう》を見つめ、人の身をした竜、〝聖竜〟へ祈るよう希望の想いを馳せていた。

（そう、こんなわたくしが抱いた初めての人間）


七色空間を超越するゲートの通過は、一瞬だった。渦巻く超大なエネルギーの本流が、凝《ぎょう》縮《しゅく》してから爆発した。すると目に見える光景が、古文書《こもんじょ》のページを破って次のページを覗くかのごとく切り替わった。

現状、肉眼だと白と黒のキツイ光が交錯《こうさく》する状態くらいしか見てとれない。

（なるほど、光と闇……か）

自身が忍ばせる分析端末も、そして……フォトン（？）も重力を扱えるので生命維持の環境は持ち込める。ただし大気の膜を作ってしまうと、まるで浮き輪状態となり、機動性は落ちるかもしれない。そんなことより、も――！

聖竜はメンデルの法則や劣性遺伝、その他もろもろをひっくるめて自分の身の上を嘆《なげ》いた。

自分の姿はまるっきり、さっぱり、ひとつも、どこも変わっていない！　一般的な細め人間男子のまま。

「変わってない……。な、なんでだよぉ」

「んん？」

一方の光香《ひかり》は、あの法則のとおりなのか、ここに人の姿はない。代わりにフォトンは紅蓮色《ぐれんいろ》のウロコで全身を覆い、腕ととくに翼《つばさ》は大気を……、この宇宙をもかきこめるほど巨大に、しかも足は「雄々《おお》しく」大地をとらえるカラフルなウロコ状の太い〝脚〟へなり変わっている。

流線型の顔はこれまで出会った、どんなドラゴンよりも勇ましくりりしくチャーミングで、反対側の末端は赤、緑、青色と、クジャクを超えた艶《あで》やかな飾り羽を扇型にもたげる、美しくたくましいもの。まるで、彼女の秘めたるパワーが具現化《ぐげんか》しているかのよう。

そんな変身姿は再生の象徴である不死鳥（フェニックス）そっくりだ！　ドラゴン、フォトンの面影は残っているけれど、パワーも見た目も洗練されて派手になった。炎をまとうようなフェニックス・ドラゴン姿のフォトンを、無変身の自分が背負う格好となっている。

「せめて……僕、上に乗ってもいい？」と尋《たず》ねるので精いっぱいだった。

ふと聖竜には感じとれる間を作った大きな彼女は、翼《つばさ》でのぎゅっとした美麗《びれい》な抱擁《ほうよう》で、この体を長く艶《あで》やかなウロコの首元まで押し上げてくれた。

「ありがとう。フォトン2。僕はようやく、あの少年のようなドラゴン・ライダーになれたね？」

「あたしの首元は死角だから注意してよ。それと……、フォトン〝2〟っていうのはやめて」

「じゃあ変態の第二形態とかは？」

「ヘ・ン・タ・イ？」

途端、艶《あで》やかな長い首を曲げ、フォトンが大理石さながらになめらかな鼻先をガッと開いた。

「お姫様よ！」と吠え、食らいつかんとマズルを伸ばしてくる。でも当のドラゴンが教えてくれたとおり、ここはスリムなマズルも届かない死角だった。

これを見、聖竜はあることに思い当たる。あちらの世界では、とうとう一回も「ドラゴン・ライダー」つまりは人間を背の死角に乗せたドラゴンと出会わなかった。たぶん最大の弱点をさらすわけだから、よほどの信頼関係がなければ、認めてくれないのだろう。

ドスッ！

「あっ、グガァァァァァ！」

突然響いたフォトンのうめき声。彼女たるフェニックス・ドラゴンの体が弓なりに曲がった。

鈍い衝撃を聖竜も一緒に食らう。しかし、聖竜を振り落とすほどの勢いはなかった。フォトンがこらえてくれたのだ！

相手は波動のバケモノだから、目視《もくし》は不可能だと思ってる。だから……。

「よーし。オシロ・ゴーグルをつけたぞ。真下に波動、いや、エネルギー生命体か？　……いるぞ！」

「ガァッ！　相手は波動でしょ。どうやって迎撃《げいげき》したらいいのよ？」

そう、波動はまさしく「動く波」そのものであり、山と谷がある曲線を使い表わされる。なので単純明快、山となっている部分に、谷の波形を、谷となっている部分には山の波形をぶつけてやれば、山は谷に落ち、谷は山で埋められ平地になる。

数学ではこう説明されるが、現実世界の「物理」にも波動性として〝マジに〟適応されるのは、古くからの常識だ。

「逆位相《ぎゃくいそう》（山と谷が反対になった）の波をぶつけて、打ち消すんだ！」とどなり、反問されるより前に、近年発見された鏡を取り出した。鏡は元から、物を左右反転して「映し返す」存在だ。そしてなぜ映すものの左右だけ反転し、上下は反転しないのか、ずっと謎のままだった。

この時代になって、ようやくその謎が解き明かされた。位相まで反転して跳ね返す特殊な鏡が発見されたのだ。以前に人間の脳波も波動だと考えたが、文字どおりここは波動の世界といっていい。聖竜は特殊な鏡を、もたげてみせる。

狙い撃ちされて「波動」から「ただの直線」へ……、エネルギー・ゼロとされて消滅したくないのか、どうやら波動の相手は作戦に迷っている。答えを導く探りのメスを入れるのは、この絶好機《ぜっこうき》しかない！

「フォトン第二形……いや、輝く白光《びゃっこう》とベタのような闇色の境目指して進んでほしい」

「……了解了解」

いつものように応じてきたフォトンは、紅蓮色《ぐれんいろ》のウロコを脈打たせ、おそらく全身全霊の力で飛んでくれた。すると聖竜がかざすエネルギー測定機に、奇妙な反応が現れる。

輝く白光《びゃっこう》空間には、その見た目と裏腹にもろもろの「エネルギー」が検知されない。目視《もくし》もできるのに「光子《こうし》（光の素材とされるもの）」のたぐいすら放たれていない。ダメだ。矛盾《むじゅん》だらけの測定機は当てにならない。

「ねぇフォトン？　こんな白光《びゃっこう》空間に重さは感じる？」

首を振り、聖竜はエネルギーに長けたドラゴンの彼女へ助け舟を求めた。科学面に強いドラゴンだから、これだけで十分通じるはず。現にフェニックスそっくりな彼女は、凍りつくように身動きを止め、微細《びさい》な部分まで体で検知してくれている。

「重いもなにも、実は手足を動かすのもかなりの力を使ってたの。答えはＹＥＳね」

「そう……なんだ。闇色の空間は測定機のメーターが振り切れてるから、〝言わずもがな〟ものだよ」と上の空でつぶやき一転、「ありがとう」といろいろな意味を込めて伝えた。フェニックス・ドラゴンを動きにくくするほどの重さ、重力場《じゅうりょくば》があるのに、聖竜にはその負荷がかかっていないからだ。

フォトンがこんなに変わり種のエネルギーをも、コントロールしてこちらを忘れないで護《まも》ってくれていた――。そんなフェニックス・ドラゴンは体の色合いをより濃くし、輝きも増したよう、聖竜は感じた。

「聖竜？　どう、この世界にある答えはわか……」との言葉途中で、聖竜は現代の鏡を立ててジャンプした！　エネルギー生命体の正体である波動の刃《やいば》を、オシロ・ゴーグル越しに見つけたからだ。フォトンに刃《やいば》は見えない！

「こいつ！　僕のフォトンには指一本触れさせない！」

「せ、聖竜。あたしの唯一、愛する……」

「とやぁ！」

聖竜の体がフォトンから離れ、現代の鏡は輝いた。すぐさま冷たい合成音声が耳に入ってくる。位相の反転と消滅を検出したと……。だが聖竜の体は宙を舞い、わずかに光と闇の空間へ回転しながら接触した。
ズ、ズズン。ゴォォォォォ。
自分たち以外、すべてモノクロな空間に切り裂けるような大音響が広がった。これは……異物たる自分たちが、「質の違う」エネルギー同士を混ぜたからだろう。かなりの刺激に聖竜が身を丸めたとき、フェニックス・ドラゴンが後ろ脚でこの体をガシッとつかみとった。

「大丈夫、聖竜？　後ろ脚はあまり器用に使えないの。うまい力加減がわからない。痛かったり苦しかったりしたら、ウロコを叩いて教えてね」

「わ、わかった」

そんな言葉と裏腹に、聖竜は彼女の心根《こころね》に打たれ、なおかつインスピレーションがほとばしった自分自身に陶酔《とうすい》した。思わず体をつかむ脚のウロコへ、涙のほおずりをしてしまう。

フォトンは当惑気味に、たくましき大きな指をモゾモゾさせている。

「えっ、苦しいの？　それとも実は脚フェチなの？　どっちなのよ」

「うん、少しフェチだけど……って、いやいやいや。コンバート・エメラルド、ええっとその〝力〟に秘められた〝力〟の威力《いりょく》がわかったんだ！」

「はいはいはいはいはい。あとで存分《ぞんぶん》にお好きなところをフェチらせてあげるから、まず落ち着いて。そして正しい文法を使って、正しい言葉でわかったことを教えて」

どことなく彼女の甘い匂いがする環境保持された脚の部分で、聖竜は息を整えた。そのまたぶん、ちょっかい出しつつ情報漏《ろう》えいを狙っている相手へも聞こえるくらいに声を荒げ、「答え」の一部にふれていく。

「波動なんてもの、この先、数世紀前にすたれた蒸気機関さながらに、時代遅れな存在になるんだ。とくに現代文明は一九世紀の科学者テスラが実用化した交流のシステム、これも電流の波だよね。それらを生む原始的な作業からも解放される」

こう憎々しげに切り出した聖竜は、まだ攻撃以外の反応を示さないエネルギー生命体へも、終わりを告げてやった。ファラデーの電磁誘導《でんじゆうどう》がもとになって、その応用発展型の発電機から生まれ出る電子の流れ、電流などと「質」が違うエネルギー源の開闢《かいびゃく》。

「エネルギー生命体！　そんな身分へ昇華《しょうか》したいんだろう？」

「……」

白黒空間をどやしても、相手に目立った動きはない。一方で興味と、持ち前の好奇心が強くなっているのか、フェニックス・ドラゴン、フォトン2のカラフルなウロコが、まるで七色の筋を残すよう優美にさざめいている。

「あのさ、興奮すると色や飾りが派手になっていくの？」

「……人間も同じじゃない、それ」とそっけなく言われ、聖竜はぎょっとして話を戻した。

この空間には色がない。これは当然、否、必然だ。超高エネルギーという周波数《しゅうはすう》の空間なのだから。

絵の具など色を持つもの同士をどんどん混ぜ合わせていくと、最終的には真っ黒になる。こんな色の三原色はプリントアウトされるもので扱うときは常識で、Y（黄色）、M（赤紫）、C（青緑）を指す。これらの色だけで、すべての色を作り出せるのだ。

逆にYMCを混ぜ合わせるにつれ、色はより暗くなる。まさしく光のエネルギーが減少していく現象なのだ。ところがこれと対極的《たいきょくてき》な関係として「光の三原色」と呼ばれるものがある。

「この部分は、七色空間の仮説どおりだったよ。三原色の赤、緑、青が空間の基本となっていたこと。この三色ですべての色を作れて……」

「そっか。光の三原色を混ぜると白色になっていくよね。うんうん。ここは聖竜の言ったとおり七色空間の外、なのよね」

納得したようにフォトンは、逆さ向きになった顔から細長い鼻先を見せ、後ろ脚に握られたまま、まくし立てるこちらを眺めてきた。確かにそのとおりだったが、人間やドラゴンも、遠《えん》紫外線《しがいせん》など色の素はあっても認識できない場合がある。なので……。

「人間にとっては〝色の外〟ともいえないけど……、まもなくここは幼稚な空間にはなるよ。それも矛盾《むじゅん》だらけで、とうとう破たんした」

聖竜は慎重に、悪意のこもった言葉を選んだ。大きな彼女はエメラルド色をした瞳で見つめ返しているけれど、これはエネルギー生命体への当てつけだと察してほしい。フォトンのカラフル具合は、いっそう濃くなってきている。

「あ、あの。聖竜……？」

「えっ、なに？」

「ん、いいのいいの」と言って前足を振るうフォトンのことがちょっと気になったものの、この身を握りしめる脚の具合に変わりはない。

大丈夫だろうが、まさに矛盾《むじゅん》……ばかりの空間なのだ。測定機では白色に光り輝いているのに、絶対温度ゼロ度さながらのエネルギー状態と、真っ暗闇なのに電磁気由来《でんじきゆらい》と思われる波動の超高エネルギーがたむろしている空間が、見分けられた。

こんな結果は極めておかしなものだけれど、未だ完全には謎が氷解《ひょうかい》していない「ある物質」と質が……、性質が一致するかのごとく似ている——。

《ふふ。我らを時代遅れで幼稚とな？》

低くうねりのある声が四方八方から、頭をガンガン振るわせてきた。人間の目、いいや、この「次元」の生き物じゃ見えないだろう、意識の宿った波動たちが笑う、裂音《れつおん》そっくりな声が方々から迫ってきた。ようやく真打ち登場だ。

《我らを波動、波動と呼び捨てておるが、波動と粒子は共存するもの。そして我らはそんな、しがらみから解放されし存在》

測定機は、とりわけ格別な量の仮想粒子《かそうりゅうし》的なモノをまとい、隠《かく》れ蓑《みの》にした波動の姿をとらえ、相手はどんどん形を変えていく。

《よくぞ、いにしえの地まで訪れた。おまえたちは粒子が主たる物質世界から、かい離してきた初めての勇者たちだ》

「勇者……ですか」と聖竜は言葉を反すうしたが、真に受けてはいない。そんな勇者伝説や世界の移転で王子様になるような淡い夢や、ロマンを持つ青春時代は終わっている。

とにかく、ぎりぎり世界の終末前には間に合ったようで、エネルギー生命体たちは時間稼ぎをするつもりに違いない。

とりわけ仮想粒子《かそうりゅうし》っぽい反応が大きい相手は、黒いシルエット状態ながら白光《びゃっこう》の中、神話に登場する神のカタチをとり始めたから。こちらを姿で圧倒する気だ。

まぶしくて目を細める聖竜の前には、広く両腕を伸ばし、頭に草花のかんむり、そしてがっしりした体格であぐらを組み、座る神そのものの姿がある。

「あの……神様、ですか?」

《いかにも。ここは人間が思い描く究極の地。どうだ、うれしかろう?》

「……なるほど」

聖竜は妙に納得してしまった。実は火口へ飛び込んで本当に死んでしまい、あの世へのゲートをくぐったのかもしれないから。そんな、考えをしびれさせるような感覚は、フォトンの脚

にぎゅぎゅーっと握られ、苦しくされるまで続いた。

「どうどう？　もう死んでるのなら、窒息死なんかしないはずよね。もっと締めつけてあげよっか？」

「……く、くくくっ、わ、わかった。大丈夫。僕たちは生きてるよ！」

乱暴なやつめ。光香《ひかり》・フォトンは直情型だからな。でも派手な握り方のわりに、キツイ締めあげを感じなかったのは、大きな彼女の心配りだろうか？　閑話休題《かんわきゅうだい》。

まだわからないのは、どうして突然、単なる「波動」が意識を、もっと高じて自我をも得たかだ。人間は「自我」と呼べるほどの意識を、心にともすのに数十万年もかかってしまっている。人間のほうが「情けない進化」なのかもしれない。

「では神様、最期に言い残すことはありますか？」

《なに、最期だと？　おまえ、気がふれたか？》

いきなり強気に転じた聖竜にびっくりしたのか、フォトンがまたも逆さ向きのマズルをグイと寄せ、耳元で強くささやいてきた。追い打ちをかけるよう、圧縮タイプのポケットから小さな電子音が鳴り響いてくる。

「あのね聖竜、勝算《しょうさん》はあるの？　なんだか魔王に挑む勇者気取りだけど。それに……なんの音？」

「月からの衝撃波が地球へ迫ってる警告音。勝算《しょうさん》はフォトン次第で……」とささやき返したところ、大きな彼女の異変に気がついた。

フェニックス・ドラゴンは興奮し色合いを濃く、明るくしているのかと思っていたが、そうじゃない。白光《びゃっこう》を放つ空間と同じく、白《しら》っ茶《ちゃ》けてきている。どんどん色と光を混ぜ合わせられ、白き空間に「同化」しつつあった！

「フォトン……か、体が。空間へ溶け込んでいってる！」

《ふむ。今頃、気づいたか。勇者殿》

神のシルエットは愉快《ゆかい》そうに、自身の太ももあたりを手で叩いた。そのとおりフォトンは濃い光であふれ、逆にそれらが混じり合って光の飽和《ほうわ》状態へと、なりかけていた。現に光は質量を、そう「重さ」を持たない。

まさに、フォトンは硬い体を持つ存在、物質でできた生き物ではなくなろうとしている。だからって彼女がそのまま波動のエネルギー生命体へ進化？　退化？　するのかすら、まったくわからない。

《このままでは、そいつは消滅するぞ。我らの仲間になりたくば……「ある物質」とやらを教えよ》

「なんのことですかね？」

聖竜がとぼけた途端、黒いイナズマが神から放たれ、体が激痛と混乱でガクガク、ケイレンする。フェニックス・ドラゴンの体は、もはや光と同化し始めたためか、握るウロコの指をもイナズマは通過してしまう。

相手はこちらが気をそらしていたり、考えたりしているときも、ひたすら大きな彼女へ、微《び》細《さい》ながら光の刃《やいば》を浴びせていたのだろう。

「……こっち。僕を狙えよ。吸血鬼《きゅうけつき》め」

これでは、ここで幕引《まくひ》きにできると考えていたこの事態は、ひとつも収められない。それどころか自分はフェニックス・ドラゴンから光香《ひかり》、フォトンまで彼女の存在すべてを失う――。

しかも時間の猶予《ゆうよ》がないなか聖竜の最終作戦は、エネルギーの〝対〟反応を使うもの。要は白い光こと質量ゼロのエネルギーがあふれた空間と、闇が持つ超高周波数《しゅうはすう》、電磁波の波動エネルギーと一緒に大暴れし、混ぜ合わせることだった。

強力なバッテリーの「＋」極と「－」極とを線でつなぎ、ショートさせるのに似ているかもしれない。ショートさせるバッテリーの容量が、大きければすぐさま、小さくても間をおかず発火《はっか》や爆発する。安全措置《そち》が講《こう》じられていても、見る見るエネルギーを消耗《しょうもう》していくのは明らかだった。

しかし今、雅《みやび》だったフェニックス・ドラゴンと一緒に大暴れでもしたら、白光《びゃっこう》でぼんやりしだした彼女の体は飛散し、相手の告げたとおりなんの救いもなく「消滅」してしまうだろう。

「……く、くぅ。神様、ある物質とは――」

「待って聖竜！　ねぇ神様？　もし本当の神様なら、愚かな人間の思考なんて読みとれるでしょう？　さあ早く、やってごらんなさいよ！　まさか、やれないの？」

現状をかなぐり捨て、聖竜は命のため、恋しい彼女のため、そして自分自身の欲望のため、苦しい決断を下したのだが当のフォトンが「神様へケンカを売って」しまった。大きな彼女は色が強くなりすぎ、まもなく全身、真っ白になろうというところ。

絶望感に打ちひしがれ、聖竜が血の味を感じるほどにくちびるを噛んだときだった。

（むふふ。そなたたちは、似た者夫婦になりそうだな）

「えっ？　まさか……！」

唐突《とうとつ》に、かすれているものの太く荒々しい声、なつかしい声が頭の中へ飛び込んできた。すぐさま聖竜はポケットから、オオカミ・ローグの牙を取り出す。途端、牙から見る間に歯茎とアゴの骨格ができていく。

骨格には赤黒い繊維質《せんいしつ》の筋肉がついていき、サンドウイッチさながら肉付けがされていった。やがて黒い毛艶《けづや》でオオカミたる顔ができたとき、骨格はぐーんと揺れる尻尾《しっぽ》まで伸び切った。

途中にはU字状をした肋骨と、雄々《おお》しい四肢《しし》となり変わるのだろう太い骨が現れた。そのまま顔面の復元《ふくげん》と同じく、りりしい肉付けがスタートし、そのまま筋骨隆々《きんこつりゅうりゅう》としたボディががっしりカタチになった。

身構えた状態の四肢《しし》は、この場に存在しないはずの幻の大地をとらえているかのよう。こんな大柄な野獣たる姿のオオカミ「ローグ」が実体化し、脅すような遠吠《とおぼ》えで存在を知らしめてくる。

「ロ、ローグ、生きてたんだね！」

（いいや、あのときのわしは死んでいるはず。だが多大なるエネルギーという肥料のもと、残されたタネから、ほら、こうして芽吹きを迎えられた）

「あっ、いや。ええっと、これは、その……」

遠慮を知らす、かつ記憶も伝わるタネが育った。雄々《おお》しい肉球の前足をもたげ、ローグは聖竜の頭を「なでなで」してきたのだ。こ、こんなにも記憶は鮮明に受け継がれるのか。

ローグの住まう赤色ベースの世界は、動物もタネで子孫を残すらしい。それも生々しく……歓びを多く持たせて。

目をうるませる聖竜もタイムリミットのあるなか、ぎりぎりまで大型オオカミの半身に腕をかけてまわす。ぎゅぎゅっと腕に力を込め、胸いっぱいのハグで、うれしすぎる奇跡の登場と友との再会を熱くした。

休眠状態だったと告げてくるオオカミ似の彼は、「先遣隊《せんけんたい》」としての役割や、しぶとさを発揮し、ついてきていたという。この身の正体がいまいちわからなかったので、ひとまず黙ってついてきていた。その点は頭《こうべ》を垂《た》れ、謝ってくる。

（すまんかったな）

そしてオオカミ酷似《こくじ》のローグが完全に「育ち」あがったところで、フェニックス・ドラゴンのフォトンとは、一時バトンタッチ！　フォトン、エネルギーの高まりが落ち着くまで待っててね。

文字どおり、大きなウロコの指とタッチした聖竜は、ローグの肩甲骨《けんこうこつ》が痛い首元あたりへどうにか、またがった。

（わしはいけるぞ！）

「ありがとう。頼めるかな？」

このとき〝神〟も姿を変えていた。その姿はヤリさながらの角を生やし、不気味なマントをひらめかすような悪魔、サタン、そのものだった――。過去の地球でも、こいつが悪さを働くことで、生き物たちは住まう世界を分離させられたのかもしれない。

どれほどの者、物、モノがこんなエネルギー生命体たちに、翻弄《ほんろう》されてきたのだろう。エネルギー資源の奪い合いで、惨事を招いたことだろう。

こんな「サタン」はどういうわけか、ごく一般的な発電機を回す電磁誘導《でんじゆうどう》方式から生みだされたエネルギーを「奴隷《どれい》だ」と言い、仲間だと告げる。それはサタン誕生の由来と関連するのに違いない。

生命体となったからには本能もでき、本能は「常に進化すること」を求めてくる。

「進化……することを求めているのか？」

《むふふ。愚か者にしては、良い考察だとほめてやる。だが――》

「ガウゥッ、ガァァァァ！」

絶大なうなり声でサタンの言葉を切ったのは、ローグだった。ローグは破砕機《はさいき》にも負けない牙の並ぶ口を使い、白光《びゃっこう》と闇の空間にところかまわず食らいついている。もはや考えているヒマなどない！

「あっちに不安定な空間がある！」

「ガー！」

測定機を見た聖竜が指差し、ローグが人間には見えない足場（？）を蹴って、跳ね跳ぶ。サタンと思しきシルエットは複数現れ、おそらく「波動」の攻撃を浴びせている。しかしローグともども、まったくのノーダメージだ。

（む。赤色はゆるやかな波動なので粒子や他の波動に、拡散《かくさん》されにくい。低周波だ。ジャマさ

れないから、低い波動の音や光は〝波の回折《かいせつ》〟が起きやすい。ま、威力《いりょく》が遠くまで届くってことだな）

「ローグ？　波の回折《かいせつ》なんて難しい言葉、どこで習ったの？」

（むうう。大学院、……かな？）とニンマリ、煙《けむ》に巻《ま》かれたがローグは跳ねまわり、その場その場に爆発を引き起こしていった。地鳴りどころか無限大とも思える白と黒の空間を、とどかせていく。空間をその身で荒らし、ごちゃまぜにしていく。

そして最強の一撃がキマった――。

《グガァァァァ！　おの……お、おのれ》

白と闇の一部分で連鎖的《れんさてき》な爆発がスタートし、勢いは止まらない。白光《びゃっこう》部分からはプリズムが入ったように、虹色の光が放たれ、まわりに円形状のゆがみができる。光の直撃を受けた闇の空間からは、奇妙な色としか表現できないビームが放たれた。

そのスケールは、巨大ブラックホールに吸われるガスが断末魔《だんまつま》としてもがき、中心部から放出するエネルギー・ビームを連想させ得るもの。見事に、異なるエネルギー源同士をショートさせて狂わす作戦は成功した。

超高エネルギーが引き起こした事象《じしょう》なのに、散りゆくサクラのごとく静かに、でも確実にこの世界、この空間に亀裂《きれつ》（ラプチャー）を走らせた。続けて音もなく、他の空間への「ゲート」がバケモノの口さながらに開かれていく。

「グルル、ガォン！」

肉声では言葉にならないローグが、警告と聞こえるうなり声を放ち、大ジャンプして距離を作った。だが離れのフェニックス・ドラゴン、フォトンは危険に気づいていないよう。

「フォトン！　光香《ひかり》！　避けるんだ！　に、逃げてーーー！」

「あ、あたし！　こ、これって……ダメ、ダメダメ～～！」

「あぁっ！　……ファイトだぞ」

直後、デブリ（岩屑《いわくず》）と粉《ふん》じん、岩塊《がんかい》をともなった、ゆがみの猛攻《もうこう》が始まった。月からの衝撃波がゲートをくぐり、怒涛《どとう》の突入をしてきたのだ。衝撃波の地球直撃は避けられた。

しかしフォトン、光香《ひかり》のあの巨躯《きょく》すら、衝撃波の一波《いっぱ》、二波《には》に呑まれてしまい、どこにも見えない――。

2

竜人《りゅうじん》のお嫁さん

高台に位置する深宇宙観測所では、鳴り響くアラームのなか、明蘭がショートヘアを無造作《むぞうさ》にいじっていた。状況は刻々と変わっていき、雑多な機材と大型スクリーン設営の中央制御室《せいぎょしつ》で所員やオペレーターたちの半ばわめき声を耳にしている。

「衝撃波の大半は、……空間の亀裂域《きれついき》に突っ込んでいきました！」

（聖竜――）と安堵《あんど》の息を吐《つ》いた明蘭だったが、次に聞こえてくる言葉に驚き、凍りついてしまう。惑星防衛機能の一部が復旧したからといって、この世界の人間はどこまで技術を過信しているのだろう？

「ステルス防衛衛星、自動制御《せいぎょ》で亀裂域《きれついき》への、その……、任務をスタートさせました！」

「そうか。我々は祈るだけ……、だな」

オペレーターをねぎらうよう田之上所長が、静かにつぶやいた。ここは観測、研究施設で防衛関連には口出しできないらしいが、明蘭には無力かつ無意味なうえ、エネルギー生命体に塩を送るようなものだと思えた。

ステルス防衛衛星は最高レベルのエネルギー源を備えているというが、既存のものでは反乱させられて終わり。現在はまだ反乱程度で済んでいるけれど、技術情報をリバースエンジニアリング（解析《かいせき》）なんてされたら、機械のコントロール権を奪われ、人間たちは自らの産物に襲われる運命だ。

もとより、どの色の世界へも破滅をもたらすのは間違いない、あり得ぬ周波数帯域《しゅうはすうたいいき》のエネルギー分布図は、地球を取り巻きつつあり絶望的だ。最低限度ながらまだ機器をコントロールできるうちに、切り札を使うべきではなかろうか？

「田之上所長。準備は整っているのですよね？」

「明蘭さん。今なら相手の意表も突けるというのかな？」

「はい」

姿勢を正した明蘭の冷ややかな問いかけに、白衣の田之上所長は苦笑いを浮かべ、もっと踏み込んで考えていたことを、うかがわせてくる。確かにこの現状下でマイクロ・ブラックホールを使えば相手は驚くに違いない。一理ある。

「そうです。……ただ、わたくしは」と明蘭は、迷う口調で言葉を並べていった。唯一の迷い、それは未だ聖竜やフォトンが挑んでくれているような気がしてならないこと。見切り発車をすべきかどうか、泰然自若《たいぜんじじゃく》と待つべきか――。現状、安否《あんぴ》不明だ。

（どうか教えて……ヒントを。聖竜、フォトン――）

ここでオペレーターの急変した声が中央制御室内《せいぎょしつ》に響き渡った。案の定、明蘭の懸念《けねん》が的《てき》中《ちゅう》してしまった可能性が高い。

「ス、ステルス防衛衛星に……ここです。この観測所がロックオンされました！」

「なんだと！　こちらの情報がいち早く見抜かれてしまったのか？」

あわてる所員たちをしり目に、田之上所長はアレの打ち上げ準備が間に合うか声高《こわだか》に尋《たず》ねている。しかし答えは「不可能」の一点張りだった。

ふと覚悟した面持《おもも》ちの田之上所長が、こちらの肩を押し、これまでの謝意《しゃい》に加え「逃げろ」と言葉を伝えてくる。民間人が巻き込まれるのは不名誉なことだともいう。最終的に所長はこんな身へも「避難指示」を告げてきた。

「できれば……ドラゴンたちについて、君の体内エネルギーについて、いち研究者として、詳しく知りたかったが潮時だ」

これが別《わか》れ際《ぎわ》の話だったが、相手であるエネルギー生命体のほうがすばやく動いた。観測所の大型超電磁アンテナへ、まもなくビームによる攻撃が到達《とうたつ》すると――。ここは、こっぱみじんになる。明蘭も大空を見上げてうなずき、そのときを覚悟して待った。

明蘭が大空を見上げるより少し前、聖竜を背にした大型のオオカミ・ローグはからくも、デブリ（岩屑《いわくず》）だらけの衝撃波から逃れていた。現状は衝撃波の猛攻《もうこう》を、崖の上で荒れ狂う海を見るように眺めている。

「……やはり。同じ波動のエネルギーでも粒子性に伴う、いや、ええっと、エネルギー源が自然界の産物、普通のものだと、完全には太刀《たち》打《う》ちできないようだ。エネルギー生命体連中は少しのダメージを受けたみたい」

（そうだな。人工物より自然界。良貨《りょうか》は悪貨《あっか》を駆逐《くちく》するもの）

「それ、希望の言葉にしたいね」と聖竜はローグの肩甲骨《けんこうこつ》につかまりながら、口をとがらせた。

しかし現代世界では、基本的にはファラデーの電磁誘導《でんじゆうどう》による発電を、つまり電線と磁石、コイルなどをいわば「殴りつけるようなこと」で電気の素となれる、自由電子を叩きだしていた。質が悪いエネルギーというより、たちが悪いエネルギー発生法といったほうがいいかもしれない。

（むふふ。たちが悪い、か。そうかもな。そしてそなたも実に、たちが悪い）

「どうしてだよ？」

（恋しくて甘えたくて泣きつきたい新妻《にいづま》フォトンを実験台にしたからだ）

言い過ぎだ、と聖竜はローグの広くて漆黒《しっこく》の頭をコツンとやったけれど、友にはすべてお見通しといったところ。新妻《にいづま》か……。うん、そんなふうに強く想ってはいるものの、大きな彼女も口にしてこないし、聖竜自身も切り出し方がわからなかった。

自分が変な態度を見せて万一、嫌われでもしたらどうしようという恐怖心が先走っているのだ。さらには口にするタイミングまでもが、うまくかみ合わない。

実験台発言は……、あの衝撃波には水分も多く含まれており、フェニックス・ドラゴンにはタブーだった水中への長いダイブを行ってもらったようなもの。結果、大きな彼女の肉体が持つコンバート・エメラルドの性質が変わっていき……。

測定機の情報は、ここで途切れていた。

「質の変化は予想どおりか。現代地球側の対応もワンパターンだな」

つぶやきながらも聖竜は、すばやく量子暗号化通信を送った。神様のおもちゃになれるだろうステルス防衛衛星に向け、地球へ情報を中継させるため——。

(なんだ？　一気呵成《いっきかせい》の攻撃とはいかんのか？)

「こんな、べらぼうな単位のエネルギー、拡散《かくさん》、あ、いや、そこいらに撒き散らしたら、それだけでドえらいことになるよ。ましてや僕の推論でいくとだね……」

(そなたのカンは天賦《てんぷ》の才《さい》が与えしもの。信じるぞ。つかまっておれ！)

脳裏《のうり》で野生の声をとどろかせたローグは、せっかくの妙案《みょうあん》まで聴いてくれず、四肢《しし》がうなる体を揺らした跳躍を始めてしまう。

この白光《びゃっこう》と闇が織り成す空間内は現在、両極端の色がブロックノイズさながらに散らばり、神のシルエットはひとつもない。それどころか、歴史資料で学んだ「大空襲」を食らったかのごとき様相《ようそう》を呈していた。

「ガオン！」

（見つけたぞ！）

空間をも自在に駆けるローグは、どうやらゲートを探していたらしかった。

それは大きな彼女も飛ばされたゲートであり、この遠紫外線《えんしがいせん》領域とは「反対側」と呼べる赤外線と赤色がベースの世界へつながっているという。

直後、目の前で火花が散った！　一瞬、見えるものすべてが魚眼《ぎょがん》レンズさながらに圧縮され、輝きの一点となり反転していく。今度は見る見る世界が広がり、赤茶けた空と地平線、まばらに木々や草が生える沙漠《さばく》と似た場所へ、色の空間をローグとともに突破した。

「ここがローグの住まう……」

（そうだ。そなたには赤茶けた原始的な世界に見えるかもな）

「うーん。うっ、ごほごほっ」

最初に聖竜は、少しの息苦しさを覚えた。空や大地のところどころに霧状《きりじょう》の濃いガス塊《かい》があり、ローグの言葉どおり原始の地球に近い世界だと思える。現に大気の組成《そせい》が少し違うようで、空のどこにも青い場所はない。

この世界はまるで伝統として今なお残る「赤外線のサウナ」のなかに入ったような、色がすべて赤方偏移《せきほうへんい》した感じの世界だ。ベースとなる周波数帯域《しゅうはすうたいいき》がゆるやかなので、エネルギー生命体の空間との距離があるから「悪い質」の影響は最小限にとどまるだろう。

「ローグ以外、誰も……見当たらないな」

(むう。それはどうかな?　仲間たちは興味津津《しんしん》と見守っているが)

「どこ?」

まだまだ未開拓で荒くれた土地が最果《さいは》てまで続き、人工的な構造物はまったく見てとれなかった。もちろん彼の仲間たちの姿も同じ。根が優しいローグはたまに説明を加えてくれ、こんな荒野だからこそ、テレパシーのような思考をめぐらし、交換し合える生命体になれたんだと言ってきた。

不意にローグは、濡れた鼻先を向けてくる。

(生きる目的、進化の目標地点は、環境とそこに暮らす生命体の本能に委ねられるからな)

「ローグって賢者《けんじゃ》っぽいな。でもきっとそうだね。僕ら現代の人間は科学技術の発展を目標に、ドラゴンたちは知性を高めて肉体を制すること、そして――」

(そして?)

オオカミ似の〝賢者《けんじゃ》〟ローグの言葉はたいてい、意味深いことが多い。本能とはごくシンプルなものであって、このとき聖竜は、あのエネルギー生命体たちの目的がくみ取れた気がした。やつらは時空間の後押しも受け、急速な進化を遂げた。と同時に、究極の目標へ狙いを定めている。

それはエネルギー生命体にとっての神の世界であり、悟りの境地へ達すること——。

現在、だいぶ検証されてきたけれど宇宙は「エネルギーが揺らぐ無限大の超空間」の中で膨らむ風船だと、たとえられる。サイズが無限大の空間なんて想像すると気が遠くなるが、膨らむ風船、そう、別の物理法則で創られた宇宙があっても、おかしくない。

(そのとおり。そなたは同じ物理法則ながら、空間が色という周波数《しゅうはすう》で重なり、分かれる構造に気づいた開拓者《かいたくしゃ》だ)とローグが黒光りする鼻先を縦に振った。

「……だけどその結果は、こ、こんな——」

(それは別の問題だ。別のとき、寝ながら考えればいいさ)

鋭いローグのうなり声が脳裏《のうり》に響き、聖竜は悲観的な考えを止められた。確かに「情報戦」ではネガティブより、ポジティブな内容が求められるもの。聖竜は気を取り直した。

エネルギー生命体たちはおそらく、こんな〝宇宙の風船〟から脱出して、人間が創世神《そうせいしん》を求め、空を目指し、宇宙を目指したように、エネルギーが揺らぐ「故郷」とも「神の領域」とも呼べる、超空間を目指しているのだろう。ある意味、エネルギー生命体たちは開拓者《かいたくしゃ》になろうとしている。

いや、好奇心という本能に導かれる探究者か？

まあいい。そんな連中は、波動のエネルギーがありあまる状態だ。それ以上に自分自身を、もてあましている。エネルギー生命体たちは真なる「生きざま」を、……まさしく悟りたるものを「自分たちの神」へ問いかけたいのだ。

人智《じんち》を超えた究極の質問だから、たぶん人間ふぜいでは、求めにそうそう応じられるものではない。

逆説的に、エネルギー生命体たちの求めや問いに確固《かっこ》と応じられれば、連中は「エネルギーの神」の根源を追って、この宇宙空間の風船に穴を開けたり、破裂させたりするようなこと、やめてくれるのか？

（むう。なかなか手厳しい問いかけだな。だがそなたなら、妙案《みょうあん》を導くと信じておるぞ）

「買いかぶりすぎだ。僕は神様にはなれないよ。それに……ん？」

ふっと荒涼《こうりょう》とした沙漠《さばく》の一角《いっかく》、大岩の陰から、激しく言い争う声が聞こえてきた。ローグと一緒に走り寄ると、まず雰囲気でわかったのが、赤色ベースの世界での光香《ひかり》の変化した立ち姿だった。

フェニックス・ドラゴンの優雅さはなくなり、だけど、なめらかで美しいウロコの肌を持つ、ドラゴンを小さくして二足で立たせたような格好、まさに俗な言い方で「竜人《りゅうじん》」になり変わっていた。細かくなったウロコの色は緑色で、手足はさらさらの女性そのもの。

鋭利なカギ爪が生える指先は変わらない。ただ、背中から伸びる立派な翼《つばさ》と、威風堂々《いふうどうどう》とした顔立ち、加えてそのアクティブな体つきからトカゲ人間ではなく、竜の人間だと見てとれる。

やはりというか、この身はひとつも姿が変わっていないけれど……それでもいい！

「ローグも姿が変わらないね。僕と同じ理屈なのかな？」

（むう。どうだろうなぁ？）と大柄なオオカミは小さく吠えるように、違う、笑うように息をもらし、またも意味深げだ。

ともあれ、竜人姿であっても、大和撫子風《やまとなでしこふう》な人間であっても、巨体のドラゴンであっても、僕の光香《ひかり》・フォトンであることに違いはない。それぞれの特徴的な姿にチャーミングさを覚える自分は、浮気者かな？

しかし、言い争う低い声の主は、別の考え方みたいだった。高圧的な調子で言葉を振りかざし、我が物顔のような態度で振る舞っている。シックなジャケットをまとい、竜人《りゅうじん》の正体にまったく気づいていない、

「ここの代表者ではなく、案内もできんのなら、時間がない。我々のジャマをしないでくれな

いか？」とどやすのは、光香《ひかり》の父、その人だった――。学者や技師風の大所帯を連れ、光香《ひかり》が止めるのもきかず、この世界の基礎調査を始めてしまっている。

最初のゲートが完全に閉じていないのか、何者かの差し金か、それはわからない。だが娘を無視し続ける父は「移住先」がどうの「現代のコロンブス」がどうのと言葉を口にしていた。

どうやら現代世界と文明を見捨てて、ここへ勝手に逃げ込むつもりらしい。しかも止めに入ったままの竜人《りゅうじん》・愛娘《まなむすめ》へ値踏みするよう話を投げつけた。現代文明、そう、人間の最高級に悪いクセというか、まだ低い民度を見せつけられた気がする。

「だからキミ、どいてくれないか？　原始人のバケモノめが！」

「……あたし、バ、バケモノ？」

光香《ひかり》が体を震わせ、絶句したところで聖竜はローグの背から飛び降り、大切な竜の彼女を護《まも》るよう、立ちふさがった。彼女の父は驚いた顔つきをしているが、おかまいなしに聖竜は腕をかざし、声を荒げる。

「待て！　バケモノ発言はこの僕が許さない！　心がバケモノで原始的なのは、あんたのほうだ！　あんた、自分の娘さん、その姿の見分けすらつかないんですからね！」

「なに――。ま、まさか、本当に……。ええっ」

コロンブスは先住民にしてみれば侵略者だ。そんな侵略者相当の父でも、あ然として言葉を失うらしい。ここまでの「お偉いさん」なら機密文書も目にでき、ドラゴン等の存在も知っていただろうに……情けない。

父はまるで、もだえるかのごとく頭を振りながら押さえ、がっくりと両ヒザを大地に突いて崩れた。この野郎！　どんな姿であろうとも、光香《ひかり》に違いはない。蔑視《べっし》するなんて、蹴り飛ばしてやろうか！

(待て、聖竜。気持ちはわかるが生き物全員が、聖竜のように異端なる存在に甘えてみたい、こう考えるとは限らない。自分自身のほうが不自然で、変態的な反応をしていると思え)

「へ、変態的？」

怒髪天《どはってん》を衝《つ》いた聖竜を静めるためか、ローグは言葉を選ばずストレートな剛球を投げつけてきた。ここまで強く、たしなめられなければ、聖竜は反動をつけていた足で彼女の父を蹴っていただろう。

冷や水を浴びせられた聖竜は、ボディーガードのごとき相手が、正装のふところに手を入れているのも、見た。蹴りあげた途端、無意味な肉弾戦が始まっていたかもしれない。人間対人間、そして――。

「グルルルル……」

「……き、霧状《きりじょう》の濃いガス体は、ローグの仲間たちだったのか」

微妙に黒さの違う、ローグ似の大型オオカミたちがどんどん実体化していく。さらに前傾姿勢で身構え、こちらの周囲一帯を取り囲んでいた。仮に侵略者ならば容赦《ようしゃ》しないとばかり、ローグの仲間たちは待ち受けていたのだ。現状は最悪に近い。

（ま、そなたも先入観に囚《とら》われている点では、同じだぞ。わしに食われる獲物だと、沼地では思い込んでおったではないか）

「それ、僕がローグをオオカミだと思っている点も？」とは聖竜、いっぱいいっぱいの反問だった。なんだか懐かしき学校で先生に、こっぴどくしかられた泣きべそ生徒さながらの気持ちになっていたから。

（さて、聖竜殿。そろそろ「あの物質」についての見識を披露《ひろう》してくれないか？）

「な、こんな雰囲気なのに？」

（嫌な空気を変えるには、論理的に振る舞うのがいちばんだ）

こう伝えられては、ぐうの音も出ない。ジャケットを乱した父と、その愛娘《まなむすめ》で竜人《りゅうじん》姿をとる光香《ひかり》は、微妙な距離を空けながら、でもお互いの目を黙って見ている。こんな場の空気はピンと張りつめ、まさしく特効薬で状況を塗り替える必要があるだろう。

聖竜は乱れたユニフォームっぽい服装を整え、深呼吸したのち、考えとありったけの推論を披露《ひろう》した。

「僕たち人間も、別空間のドラゴンも、みんなエネルギー革命を起こすときになりました。ファラデーの電磁誘導《でんじゆうどう》理論から作られるエネルギーの波動が、現在も今後も、その仲間たちを呼び寄せないために……」

「仲間だと？　なに言ってるんだ？　地球周囲に集まってきたエネルギーが、生き物とでも言いたいのか？」

ヤジには応じず、姿勢を正した聖竜は言いたいことだけ言ってやることに決めた。電磁誘導《でんじゆうどう》方式で作られるエネルギーは、その波動が脳波さながら意識を持つ可能性があったこと。それを無視してエネルギー源として働かせるのは、まさに奴隷化《どれいか》と等しい。

そして集結しつつある「エネルギー生命体」の仲間をこれ以上増やさず、現在のライフラインを維持するために――。

「僕は新規のエネルギー源、ダークマターの利用を提唱します！」

（むぅ。いよいよ〝力〟の利用開始だな）

沙漠《さばく》の荒野が騒然とした状態へと変わり、ローグは感心してくれているような獣の面持《おもも》ちで、こちらをジッと見つめていた。そんな獣の友へ、聖竜はほほ笑みかけ、あるお願いごとを口にしてみる。するとローグも口元をゆがめ、鋭い牙をニヤリと見せつけてきた。

（ほう。わしが単なるオオカミではないと、ようやく気づいたな？　いいだろう。そなたのほうも……）

「うん、わかってる。なんとかカタチにだけは、しておくから」

（できるんだな？　間を取り持つのも、まかせたぞ）

またしてもニヤニヤしたローグが、気を利かせようとしているのは痛いほどに読みとれた。ドラゴンの翼《つばさ》をたたんだ竜人姿《りゅうじん》の光香《ひかり》が、おそるおそるといった感じにこちらを眺めているからだ。少し太い尾だけが目立ってしまい、ゆるりとうねりながら伸びている。

愛くるしい立ち姿の彼女とは、ちょっとだけでもプライベートな時間がほしい……。生死をかけたチャレンジを前に、堅苦しくない話とか軽口とか、いいや、それ以外にも、伝えておくべきことはあるんじゃないのか？

ところが肝心《かんじん》の感情面が、どうにも口でカタチにならない。〝唄〟になりそうな言葉が、ちっとも浮かんでこない。仕方なく聖竜が真逆《まぎゃく》の、技術論の説明に戻ってしばらくすると、ウロコにおおわれた光香《ひかり》の尾がより激しくうねり、次の瞬間、しなってから……！

バッ、バッチーン！

3　異種族連合の共同戦線

深宇宙観測所の中央制御室《せいぎょしつ》では、所員たちのあわただしいやりとりが行われている。宇宙のステルス防衛衛星よりロックオンされ、送られてきたのは攻撃の刃《やいば》ではなく、情報のパンドラボックスだったため。

通信の送信主は、名も知らぬ科学者らしき聖竜。ただ、とまどう田之上所長へ明蘭が身元保証と、いわば太鼓判《たいこばん》を押したので本気の議論へと発展していた。ありったけの知識を動員し、明蘭もこの議論に加わっている。

「星間《せいかん》物質は、ごく普通の存在ですね」とショートヘアをかしげてみせた。集まった人間たちも、うなずいてくれる。

最初に確認されたのは、地球が宇宙を漂流していたと思われる透明なガス体へ、突っ込んだということ。これで電磁波や周波数《しゅうはすう》、俗にいう波動が、漂ってきた粒子群のまさつで増大、急激に変質し「生命体」と呼べる存在にまで進化した。短時間でここまで膨れあがった。

厄介なのが、このような「まさつ」、正確には「電磁誘導《でんじゆうどう》」で生まれた電気エネルギーを「生命体」は仲間たちだと思い、仲間たちが人間に奴隷化《どれいか》されているとの念を持ってしまった点――。

　だからこの現代世界への反乱攻撃や、真の故郷に住まうドラゴンたちへ、危害を加えていたようだ。全世界のアンテナを使い、エネルギー生命体への説得は続けているらしいが、応じてくるとは到底、思えない。

「地球近辺のエネルギー量、あと五時間でブレイクポイントを突破します！」

「……そ、そうか」

　悲鳴に近いオペレーターの声が割り込んできた。つまりあと五時間足らずでエネルギー生命体は、宇宙空間を亀裂《きれつ》（ラプチャー）もしくは宇宙をビッグクランチさせ、本懐《ほんかい》を遂《と》げられるということ。

　肝心《かんじん》の「本懐」についての情報は少ないものの、その答えはこの宇宙に存在しない恐れ、……と哲学めいた内容の通信メッセージが送られてきている。

「相手へ挑んでみるには、現存のエネルギー源では狂わされる可能性があり無効、……か」

「ですが田之上所長。わたくしの力の〝素〟が、なんとなくわかった気がします」

　ええ、どうしてだろう？　不意にこんな単語が、ぴったり頭に浮かんできたのだ。自分自身の体はこれと反応しているに違いない。聖竜も通信で強く告げている。それはダークマター。正体不明な物質だけど、もはや宇宙中に存在することだけは解明されかけている。電磁的な相互作用をしないため、目で見ることはできない。しかし宇宙全体の重さを推計すると、目視《もくし》できない何物かの「不思議な重さ」が観測から求められてしまうのだ。

宇宙空間において実際に目で見えている物質は、わずか四％程度とされ、残りの一部がダークマター、そう、暗黒物質と呼ばれるもの。電磁的な相互作用というのがポイントとなり、既存のエネルギー源とは誕生方法の根本が違う。

なのでエネルギー生命体たちの仲間とは、一線《いっせん》を画《かく》する存在だ。

ぐっとこぶしを作った明蘭は、ドラゴンたち女王の姉である立場に決意を込める。もはや迷っているときではない。各世界と共同戦線を張ってエネルギー生命体へ挑む心意気を、明蘭は流れるようスムーズに浮かぶ言葉で伝えた。

「どのみち、既存のエネルギー源では太刀打《たちう》ちできません。わたくしたちドラゴンは、通信で彼が提唱したダークマターを使う動力源となり、機材、人材、すべての互換性《ごかんせい》を受け入れます。これは惨事を繰り返さないため、ドラゴンにとっても必要なことなのです」

「もちろん人間も互換や補完《ほかん》の心を忘れず、参戦するぞ」

興奮気味の田之上所長も、ガッと握手を交わし誓ってくれた。そんなときだった。火急《かきゅう》の事態を知らせる、ふたつのアラームが鳴り響く。

エネルギー生命体が「共同戦線」に気づいたかどうか不明ながら、いよいよ相手が超高周波帯域《たいいき》を地上へまで近づけてくるとの警告だった。この文明で使われる、あらゆる「道具」のエネルギーを同化、もしくは救出をしにきたのだろう。

（それはどうかと、わしは思うぞ）

野性的な声を明蘭は、はっきり聞き取り、それはこの場の全員が同じようだった。頭の中に、うなるようなかすれ声が響いたので発信源はわからない。しかし「異変」は検知されているらしく、警備の制服を着て防具を構えた面々がやってきた。

誰もなにも言わないので仕方なく、明蘭が代表となり、不思議な声の主へ用心深く問いかける。エネルギー生命体が「仲間たち」の流れる機器類をあやつっているのなら、危険極まりない。

「どうか？　とは、共同戦線のことですか？　エネルギー生命体の行動のことですか？」

（むぅ。どちらもだ。なぜわしたちを共同戦線に加えない？）

姿なき声の主は……仲間はずれにされ怒っている？　明蘭の読みは当たり、周囲のそれとない場からガス状の霧が現れ、集まり、カタチになっていく。これは原始地球が濃いガス体で覆われていた頃の、忘れ形見さながらの生命体だと記憶にはあった。

だけど実物を見るのは初めてとなる。

「あなたのお名前は？」

（ローグだ。獣使いの荒い聖竜に頼まれてな）

周囲がざわめき立つなか、片想いといわれようとも聖竜の名に対し、明蘭は熱い安堵感《あんどかん》を覚えた。

（ここはちと狭い。悪気はないからな。許してほしい）

まもなく目の前に、太い四肢《しし》で辺りの機材を押しのける、大型の黒きオオカミらしき姿が、雄々《おお》しい遠吠《とおぼ》えとともに実体化した。機材の落下音が少々響く。しかし黒光りする剛毛《ごうもう》に身を包んだオオカミは、窮屈そうな姿勢のまま野性的に獰猛《どうもう》な顔つきで、もっともな内容をこちらの頭に広めてくる。

（今回の星間物質《せいかん》、ガス体は、もしやわしらの祖先、その残骸《ざんがい》かもしれん。わしらは偉大なる先祖が濃く集まり、地球へ〝命〟をもたらした点を忘れていた。尻拭《しりぬぐ》いはせねばならん）

「……そうですね、ローグ」と明蘭はうなずいてみせた。星間《せいかん》物質などのガスが生命誕生にかかわっているのは、ほぼ証明されている。オオカミ姿の連中は星間《せいかん》物質への感謝を忘れたのか、回避処置を忘れたのか、両方なのか。いずれにせよローグのうなるような声は続いた。

（ドラゴンは〝力〟がもたらすエネルギーなど当然のもので、強大な腕力にも驕《おご》り、生物的な進化を忘れた。そして、この世界の人間はエネルギー源をも、支配下に治めたと勘違いし、科学技術こそ文明の進歩だと信じていた）

こう切り出すのも「驕《おご》り」なのかしら。恐れを知らない明蘭は、鼻先を向けている強面《こわもて》のローグへ、指摘された事柄《ことがら》の結論を告げてみた。

「つまりそれぞれみんなに責任があり、共同戦線を張るのは必然だということですか?」

(わしには歴史に残る名演説はできんが、そう思えないかな?)

とぼけたふうに伝えてきたローグは、明蘭たちの返事を待たず、持論と聖竜の計算されたトラップについて、諭すように話しかけてきた。明蘭は、突然の大型オオカミ出現におびえたままの所員たちをわきに、ローグと会話を深めていった。

「え? エネルギー生命体はまだ子供、なのですか? 確かに自我を持つまで、あっという間な感じでしたけれど」

(大人の知識を得た子供だな。実現不能な妄想《もうそう》にとりつかれ、ええと、なんと言ったかな、あれだあれ)

「黒歴史《くろれきし》?」

(それだ! 恥ずかしい黒歴史《くろれきし》を、下手に知識と力がある分、実現しようとしている)

こんな話を聞かされて明蘭も、さらには落ち着いてきた人間たち一同ですらも、いまいち納得できない。エネルギー生命体が行き当たりばったりで計画性がないとは、言いがたいし、ローグが追加した連中の究極の目的も、イメージが浮かんでこない。

（むう。子供が親に、そうだな……もっと踏み込めば〝神〟に会い、ほめられ、幸せの国に行きたいという願望は、わしらとて似たようなもの。だがそれを〝マジ〟で実現しようとしているのが難物《なんぶつ》なのだ）

この賢いオオカミは、いいえ、ガス状生命体は頭の中に浮かんだスラング的単語を、うまく使っている。だけどこんな推論がすべて正しいとしても――。感じた懸念《けねん》を田之上所長が渋い声で代わりに訴えかけた。

「我々は親にはなれんだろう。しかも、ここまで近距離では……マイクロ・ブラックホールを使ってしまうと地球への影響がひどく――」

（む。確かに親向きではない。だが遊び相手にはなれるはず。それもエネルギー生命体が、あえて英雄《えいゆう》とみなされるような）

ローグはニヤっと口元をゆがめ、言葉をいったん止めた。ようやくいかついオオカミ姿に慣れてきた一同が先を促すと、ローグの告げる内容はとてつもないものだった！

（それはな――）

「そんなことをしてしまえば、現代文明は自ら文明のスイッチを切ることになる！」と腕を広げ、がなる所長。ローグは平然とした調子で、スイッチを切り、既存のエネルギー源とも絶縁《ぜつえん》するとき、と言い返した。

（まずやつらの〝おもちゃ〟を隠さねばならん。さらには、この世界へ訪れしドラゴンたちには長めの〝スキューバ・ダイビング〟をしてもらわねばならんぞ）

いよいよ共同戦線が強固《きょうこ》に働くかどうか、試すときがやってきたのだ。地球に住まう生命体たちが進歩したかどうかも、真価が問われるだろう。

こんななか、明蘭は自分にしかわからない程度に、ほほ笑んでしまう。こんな大胆不敵な案が、聖竜の提案だと教えられたから。彼って本当に、この身、ドラゴンからみても不思議な人間……。

独り占めできるフォトンがうらやましい――。

赤茶けた沙漠《さばく》の世界では、ドラゴンの翼《つばさ》を持つ竜人《りゅうじん》姿に変わった光香《ひかり》に、聖竜はあえなくダウンさせられていた。いきなり近づいてきたかと思うと、うねうねする太い尾は、聖竜の胴体へめりこむ。

「またあたしを実験台にしたでしょう？　まずそのお礼よ」

「ぐっ……ぐはぁっ……はぁっ……！」

大地へ倒され、息も絶え絶えの聖竜にはうまく応じられないけれど、言われた内容の一部は正しい。あの衝撃波の成分に、かなりの水蒸気がふくまれていたので、いわばドラゴンがタブー視する「水中《すいちゅう》の業《ぎょう》」をしてもらったのだ。

心に刻まれた幼少時のおとぎ話のように、みにくい〝力〟の奪い合いが始まらないほど、お互い知的に進んだと思いたい。ちょっと前まで人間は、資源の争奪を繰り広げていた。

対する光香《ひかり》の冷ややかな態度を身に受けると、体内のコンバート・エメラルドを変質させたドラゴンたちの、新たなる〝力〟の進撃がスタートするのではないか。そんな不安感が頭をよぎる。ダメ、うたがいは無益で、きずなも信用も友情も生みださない。

「次はね……」

倒された聖竜のかたわらへ、しゃがみこんだ女体のボディーラインを持つ竜人《りゅうじん》・光香《ひかり》が、まるで弱った獲物を見定めるような目つきとなった。これは本来の優しい彼女の目ではない。スリムでも隆々とした竜人《りゅうじん》の腕が、伸ばされたカギ爪を光らせ、振りあげられる。

「えやっ！」

「ちょ、うわっ！」

ザクッ……ギギギギ！

聖竜はかろうじて体を転がし、そばから離れた。直後に、元居た場へ竜人《りゅうじん》の鋭いカギ爪が刺さり、大地を悔しそうに切り裂いた。寸止めも手加減もいっさいなかった。

そういえばローグはこの赤茶けた世界で「原始のガス」発言をしていた。よもや光香《ひかり》は喜怒《きど》哀楽《あいらく》の感情が高ぶりすぎ、今、ドラゴンの原始的だった頃の本能に、さいなまれているのかもしれない。長めだった「水中《すいちゅう》の業《ぎょう》」の影響だろう。

「ウッ、グルルル」と奇怪な、うなり声を荒げた竜人《りゅうじん》が、刺さったカギ爪を引き抜いた。そのまま彼女は、這いずって逃げまどう獲物との狩りを楽しみだしたかのよう。

もしエネルギー生命体がとりついてきているとしたら、作戦のことは筒抜けでチャレンジする前に壊滅《かいめつ》だ。「四次元《よじげん》」などと次元について人間は軽く口にするものの万一、異次元空間と直面したら、正視できないばかりか気が狂うとさえ予言されている。

「くっ、わはっ、わはは。こんな土地と資源を得られれば、私は大金持ちになって！　わはは、ははは ぁっ！」

離れの父はこちらの動きに、まるで関心を示さず、狂気に満ちた笑い声をあげていた。調査の結果、土地成金か埋蔵資源成金《まいぞうしげんなりきん》にでもなった気でおり、文明の危機が目前なことなど、頭の片隅にも残っちゃいない雰囲気だ。

（……生身の人間が、気構えなく空間のゲートをくぐったからだ！）

新たなる〝力〟だと思ったダークマターは、現代科学を駆使《くし》しても謎だらけだから、危険性くらい頭に入れておくべきだった。手放しで自分の提唱に酔いしれ、さらには大切な〝ひと〟をまさしく実験台にしてしまった。

「光香《ひかり》？　フォトン？」

「グルルル……」

どんなに呼びかけても、遅い。這いずってバックを続ける聖竜へ、竜人姿《りゅうじん》の彼女がじりじり迫ってくる。こんな最悪すぎる現状、どうしたらいい？

あぁ、自分自身、もはや気づいていたのに。

そう、この自分の体にも、コンバート・エメラルド相当の〝力〟があることに――。クールな姉さんドラゴン、ライトにも指摘されていたが、信じたくない気持が大きくて、ずっとずっと封印《ふういん》していた。

青色ベースの現代世界に住まうこの身、桜橋聖竜は、ごく一般的な人間で、ちょっと変わった嗜好《しこう》をしているけれど、いずれは安定した人生のレールに乗って、ありふれた老後を迎えるんだと、確信していた――。いいや、そうありたいと願っていた。

「ぼ、僕は。僕は……」

だけど七色空間の外、白光《びゃっこう》と闇に仕切られた世界で自分は死ななかった。超高周波数《しゅうはすう》の電磁波や波動だらけの世界に飛び込んだのに、体に影響が出なかった。この身に備わったコンバート・エメラルド相当品が、波動の刃《やいば》をエネルギーとして受け流していたからだ。

興奮していて、これら直感が現実へ変わっていたことに、気づいていなかった。気づくこと

から逃げていたせい。だからこのチャンスに自分は……！

「僕は……もう逃げない！」

結局のところ、人間、ドラゴン、オオカミ、竜人《りゅうじん》すべてに蔑視《べっし》する心を持っていたのは、自分自身も同じだった。ならばまるごと、いますぐ洗い流してやる！　チャレンジする前に自滅なぞ、させられてなるものか！

そして〝僕〟は、大切な〝ひと〟へ、たぎる心を伝えるんだから――。

跳ね起きた聖竜は、かたわらに広がる、濁った池へ頭からダイブした。「ダークマター」を一心不乱にイメージし、極限の境地で飛び込んだ。濁った水の中、聖竜の体には目立った変化は起きない。

「ぼ、僕じゃ……ダメ、なのか」との声は、水泡《すいほう》と帰《き》して消えてしまう。「水中《すいちゅう》の業《ぎょう》」でコンバート・エメラルドを変質させられるのなら、化石となっている同じものも、ダークマターのエネルギーへの変換素材に使えるだろう。化石より少しマシな僕も……自分自身が変わってみせる！

こんな真剣な意識がなにか、モノと心との距離を縮めた気がした。変われ、変われ！

聖竜が目をこらすと、体のいたるところからぶくぶくと泡が現れ、水面を躍らせている。これが水の沸騰《ふっとう》だと、考えを改めた聖竜にはすぐ見抜けた。ありあまる〝力〟が全身にみなぎるものの、意識や頭脳のほうは、これまでになく明晰《めいせき》に働かせられる。

しかしローグは以前、エネルギーの質の悪化を嘆《なげ》いていた。たぶんこの場の全員の脳が、悪化した波動を食らい、催眠術にかかったような状態なのかもしれない。そう、信じたい。

だったら時間稼ぎくらいにしかならないけれど、降り注いでいるのだろう波動を弱体化させてやる。いきみ、続けて聖竜は炎をイメージし全身に力を込めてみた。

(やぁぁぁぁぁ！)

同時に、灼熱色《しゃくねついろ》に燃えあがっている月と、周囲の色がきらめいたように見えた。だが、濁り水の中からでは、はっきりしたことはわからない。

わかるのは自分自身が熱水噴火口《ねっすいふんかこう》さながらと化し、この池の水面がどんどん近づいてきていること。池の水が蒸発していき、やがて――。

「じ、人類は……、エサ、〝おもちゃ〟を作るため、使えるエネルギーすべてを月へ動員した……ぞ」

うな垂れ、がっくりヒザを突く田之上所長の肩に、明蘭はそっと手をかけた。

中央制御室《せいぎょしつ》は薄暗くなり、機材類の電源は切れ、明蘭が放つ無線供給のエネルギーで最低限のもののみ稼働している。

「大丈夫ですよ。これはサナギがチョウへと脱皮するための、一時的なものですから」

「そう信じたい……。信じたいな」

それでも所長以下、人間たちは「道具」という武器にも防具にもなり得る英知の一時停止に、おびえているようだった。確かに、この状況下で共同戦線の契《ちぎ》りを破り、わたくしたちドラゴンが攻め込めば、世界の覇権《はけん》を握ることなど余裕だ……。

「うっ、裏切りだぁ！　ドラゴンうち一頭は、市街地へ接近中！」

「え、まさか？」

突然、若いオペレーターがヒステリックな声を高めた。ドラゴン一族のタブーを破って水中突入を長く行った屈強《くっきょう》な仲間たちが、怒れる猛獣のように大暴れを始めたという。どうしてそんな……と明蘭は言葉を失うが、これでは革新的なダークマター動力源の互換テストができない。

そればかりか、この身は「ライト」へ、ええ、ドラゴンの姿に、こちらではなり変われないから虎の子のマイクロ・ブラックホールを漂わす隔離容器《かくりようき》の運搬すら、無理だ。人間の姿では重力をコントロールできないし、……自身、そろそろ体力の限界を感じていた。

ほかの同族たちを呼び寄せたいけれど、明蘭はこの場を離れられない。隔離容器《かくりようき》へのエネルギー供給が途切れたら、ここへマイクロ・ブラックホールを解き放つことになる。一瞬のうちに地球全域《ぜんいき》の崩壊《ほうかい》、吸収が始まって——。

「お、終わりだ……」

どこからか悲痛なおえつが聞こえてくる。まさしくこの文明は、リング状に破片を散らした月へ、残存《ざんぞん》する全エネルギーをビームとして撃ちつけた。もはや生命維持用の最低限の備蓄《びちく》エネルギーしか残っていない。これでは運搬用のスペースプレーンも飛ばせない。

功を奏して、月に散らばるリングが、この文明からのエネルギー放出で巨大な電場を生んだ。わずかに磁性を持つ月が自転し「電磁誘導《でんじゆうどう》」を引き起こす、桁違《けたちが》いなサイズの発電機が誕生したとの報告はあった。エネルギー生命体への〝巨大なおもちゃ〟を準備する作戦の第一段階は、奇跡的な成功をおさめたというのに……。

地球を狙うエネルギー生命体へ仲間たる「エサ」を仕掛け、引きはがして距離を空ける作戦だ。しかしマイクロ・ブラックホールが使えないのなら、その仕掛けは、肝心《かんじん》のオリやワナがないトムソン（無意味なもの）状態と化している。

「……我々は知的生命体として誇りを持ち、災いのもととなってはいけない。どうだろう？」

「そうですね」

厳しい面持《おもも》ちの田之上所長は、はるかなる宇宙全域《ぜんいき》への影響を最小限に食い止めるため、半ば覚悟しつつあるのかもしれない。マイクロ・ブラックホールをすぐにでも解き放ち、この宙《ちゅう》域《いき》すべてのモノを呑ませ、歴史線上から消えていくことを……。

タイムリミットまで、もうわずか。真顔のままだけど明蘭は、あきらめないチャレンジャーがまだ踏ん張っていると信じていた。だから、ありったけの祈りを込めて目をつむる。

（お願い聖竜、もう一度、わたくしを、七色空間の世界を、すべての生き物を分《わ》け隔《へだ》てなく助けてあげて——）

聖竜は自らの体が青銅そっくりに輝いた点は無視し、身を引き締めて立ち尽くしていた。ダイブした池の水はすべて蒸発してしまい、くぼ地という面影しか残していない。

赤茶けていた空には天蓋《てんがい》さながら、濁り水の蒸発による暗雲が立ち込めていた。あちらこちらで稲光を散らす暗雲は、少しの間、悪しき波動からの守りの天蓋《てんがい》となってくれるはずだ。

ところが音を立ててドラゴンの翼《つばさ》を広げた光香《ひかり》たる竜人《りゅうじん》は、あの鋭いカギ爪もそのままに宙を飛ぶ勢いで、まっすぐ迫ってきた。逆に立ちんぼの聖竜は、身動きひとつしない。

美麗《びれい》な竜人《りゅうじん》が両腕を大きく振るい上げ、人間、聖竜へまもなく接触する——！

途端に柔らかく甘い雰囲気で、かつパワフルに聖竜を抱きしめる、このうえない「構図」がこんな世界に現れた。しっかりと両腕で抱き返す聖竜。

結局、聖竜は飛びかかられても、いっさい逃げなかったのだ。自分自身の案を信じたからではない。大切な〝ひと〟を信じたからだ。

「おかえり。僕の光香《ひかり》2♪」

「あのさぁ、〝2〟はやめてよ。ホログラム映画の続編じゃないんだから」

「僕にとっては人生の続編だよ。それにこれからも生涯続く……」

そのまま聖竜は、力がみなぎる今だからできる、やってみたかったことをカタチにした。ちょっと腕の位置を変えると、抱き具合を大胆にし、俗にいう「お姫様抱っこ」の格好をとったのだ。

ただ、こんなことに慣れない分、竜人《りゅうじん》の彼女は窮屈そうなポーズとなっていく。なんだか〝ひと〟へまわしたこの腕に、お姫様が命がけでしがみつくような感じだ。

「はいはい。こんな状態でもね、あたし、お姫様みたいにキレイってことかしら？」

竜の顔つきをした光香《ひかり》が、めずらしく甘ったるい声を出し、マズルを聖竜へそっと寄せてきた。竜人《りゅうじん》のものとは思えない、とても芳《かぐわ》しく蜜《みつ》のような匂いが漂い、聖竜を包み込む。

（僕がリードしなきゃ。しなきゃいけないんだ！）

新たなる〝力〟を発現させようとも、技術論以外で誰かをリードした経験にとぼしい聖竜には、一大事変だった。聖竜が生唾をのみ、腕の具合をグイと変えると、竜の〝ひと〟は意識しているのか、妖しい言葉を並べてくる。

「やぁん！　そこはお尻よ。うふふ、顔も体もこーんなに熱くしちゃって、ね。もしかして、こんなあたしとぉ……」

先ほどまで凶器だったカギ爪の生えた指先を、聖竜の顔の輪郭《りんかく》、首筋、そして上半身へ、たぐるよう、そそるようユニフォーム似の服越しに、やんわりとたぐってきた。このときすでに、聖竜の頭は真っ白になっていた。

「えっ、えっ、ちょっ、待って――」と焦る竜の〝ひと〟を抱っこしたまま、のぼせた聖竜は後ろへ卒倒し始めてしまう。身のこなしは、竜人《りゅうじん》のお姫様が上だった。半ば硬直した聖竜が倒れるより早く、背後へまわり込み、その体から目もくらむ一閃《いっせん》を放つ。

ふっと聖竜が気づいたとき。沙漠《さばく》の冷たさは感じない。逆に、クジャクのように艶《あで》やかで色彩豊か、それでいてさざめくウロコはデリケートに動く、フェニックス・ドラゴンになり変わった〝ひと〟の野性的な腕の中だった。

「どうどう？　あたし、新しい〝力〟のおかげで変身も自由自在なのよ」

「お、お姫様みたいだね」

「言葉が違うし遅〜〜い！　内容がタイムスリップしてるわ。世の中、何をどうやっても変わらないものってあるのねぇ」

雅《みやび》なドラゴンこと今はフォトンに、皮肉げに言われ、大きな彼女はこの身を持ち上げていく。

いたわるように抱きしめてくれている両腕は、決して離さなかった。りりしい体躯《たいく》の〝ひと〟が伝えてくるステキな濃い匂いとワイルドな肉厚感……。

そして流線形に整ったドラゴンの鼻先から、もれ出てくる甘い吐息すべてが、聖竜に絶対的で不変なる安堵感《あんどかん》を、ひしひし覚えさせてくる。こんなアンニュイな時間は現状では長く続かない。

自分も、さらに巨躯《きょく》の彼女も、この先が死の危険をはらんだチャレンジだと、わかっているのだ。わずかに残された切ない時間……。体を委ね合う、こんなにも猛《たけ》る想いを確固《かっこ》とカタチにするのは、今しかない。

「光香《ひかり》。僕はどんな姿の光香《ひかり》も愛してる――」

「！」

ドラスチックなほどの間があり、彼女は艶《あで》やかなウロコを大きくさざめかせ、聞こえるほど強い調子で息をひそめた。エメラルド色の瞳は見開かれ、光香《ひかり》、フォトンの野性児のような両腕に、ますます力が込められていくのがわかる。

「地球人女性の姿はかりそめよ。聖竜はあたしの姿がドラゴンだってことで、惑《まど》わされてる」

わざとやっているのか、僕の〝ひと〟が、中性的な響き、そう、獣を意識したような声色で応じてきた。体はまだ、ぎゅーっと抱かれたままだけど、それを耳にし、聖竜は寂しさの塊に、押しつぶされそうになる。

（あのヘタクソなプロポーズはお遊びとしか、受けとられていないのか。それに同じ世界、同じ種族の〝ぼんやり王子〟のほうが、彼女の相手としてふさわしいのかもしれない）

いやウソだ。こんなにも完ぺきに身を預けられる愛しいフェニックス・ドラゴンは、本心にベールをかけている。だって光香《ひかり》が汚れたくったドラゴンだったとき、浮かべてくれた明るい笑みを、はっきり覚えているから。

それが見抜けてしまう聖竜は、彼女の頭部めがけ、考えをダイレクトに放った。

「姿なんて副次的《ふくじてき》な問題だよ。新しい未来はナンセンスな障壁をぶっ壊すことから生まれるんだから、論理、んんくぅっ――？」と、やはり聖竜は根っからの技術者なので、熱した言葉も硬くなってしまう。そんな人間の小さな口を、ドラゴンの大型で湿ったマズルがきっぱりと、ふさいでしまった。論理的なお話は要らないとばかりに――。

重ね合った口から、大切なドラゴンの真意がなんとなく伝わってきた。彼女はこの身に、人間には人間の幸せがあるかもしれないよ、と暗に示唆《しさ》していたんだろう。似たようなことを考え、そんな狭量《きょうりょう》な常識に自分も囚《とら》われかけていた。

でも自分の意思はとっくに固まっているし、大切な想いの旨をようやく口にできた。

（驚喜の一致！）

口づけをまさぐるように行う人とドラゴンは、このときだけは一致した〝ひとり〟になり変わる。澄み切ったお互いの意識が跳ねまわり、脳裏《のうり》をいくども往来した。やわらかな彼女はまるで、この身を幻惑《げんわく》さながら「なでなで」してくれているかのよう。

実際、ドラゴンの〝ひと〟は、聖竜の体を野生感いっぱいの胸元に、ぎゅっと押しつけている。聖竜もそそられ合う心と、大小の濡れた口同士、さらに全身を委ねる肉体的な触れ合いに応えた。

劇的な意識と絡め合った指と手、腕と口内の愛撫は、しばし悠久たる世界の「とき」をとめ、激しく剛毅《ごうき》に燃え上がった。むき出しの心同士を、肉体の感触を、お互いの香り一切をこすり合わせる行為は、エスカレートする。

「ん……んんっ。あ……はぁっ」

「ちゅ、……ちゅぱ」

もはや〝ふたり〟は、銀河系全体の熱と光源とを凌駕《りょうが》する、ダークマターどころではないものと化していた。こんな〝力〟をもってしてチャレンジすれば、波乱を乗り越え、この宇宙で僕たちが生きていくこと、本物の神様に許されるかもしれない――。

〝ふたり〟は、お互いを果てしなく包み込み、また、ぴたりと強固《きょうこ》に抱き合わせる。相手の風味をまるごと感じ、すべてをさらけ出し、転じて粘った舌の先まで受け入れた。

のちに聖竜は彼女とともに、本当に銀河系中心部のごとき光と聖なるエネルギーに包まれていたと、知ることになるのだが……。〝ふたり〟は、名残惜しそうに口と口とを離し、愛があふれる虹色の糸がつつーっと伸びた。

「僕はどの姿に変わっても、光香《ひかり》って呼びたい」

「わかったわ。あたしも慣れてるから」

フェニックス・ドラゴンの光香《ひかり》が、幻惑《げんわく》の笑みを浮かべたときだった！

（ゴホン、ん、ゴホンゴホンッ）

頭に遠吠《とおぼ》えのような、でも、咳き込む声が響き、聖竜の心ともども一気に、現実世界へ戻させた。驚いて身を正したため、太い指をすべらせたフォトンが抱え込みきれず、聖竜は沙漠《さばく》の大地へ、しりもちをつかされることとなった。頭を振るった聖竜は、ローグへ悪態をつく。

「早いね。よく帰り道がわかったね。こんなにも早く！」

（おお、怖い怖い。あまりの怖さに月までもが、たまげてしまったぞ）

「そ、そうじゃない」と興奮気味に応えた聖竜は、現代世界でやっていたときと同じく、光香《ひかり》の手を……、現在はフェニックス・ドラゴンの太い指先をつかんだ。一緒に、この世界の基礎調査を始めていた連中の居るところまで走った。聖竜は出し抜けに、分析機器のたぐいをあやつる技師へ問いかける。

「地上、大気中、宇宙空間のエネルギー分布はどうなっていますか？」

「とりわけ月近辺に強い反応があります！」

「……連中にスキができた、かな」

燃えあがる発電機となっている月から、仲間たる電磁場エネルギーを助け、さらに増力しようとしているのか、反乱を引き起こさせ、下位の者として、もてあそんでいるのか、真相は不明だ。

だがこの瞬間、地球から最低限必要な距離がひらき、エネルギー生命体の一団がエサに見事、食いついている状態だ。確かにローグの告げたとおり時間との競争で、なおかつ彼の見聞きしてきた現状は極めて厳しいもの。

エネルギー生命体へ〝おもちゃ〟として与えてしまった月も、そうそう長くはもたない。だけど儀礼的に、いいや官僚主義的《かんりょうしゅぎてき》に（？）この身は最初の敵と対峙《たいじ》しなくてはならない。

それは「七色空間」の秘密を知り、テクノロジーにもの言わせた侵略者となりかけていた光香《ひかり》の父、ジャケット姿のその人との対決だった。堂々とフェニックス・ドラゴンを連れ、義父になる人の前に並ぶ。ためらいも恥じらいも、迷いもない。

「……ひ、光香《ひかり》」

真顔に戻っている父が、鮮やかな姿で待ち受けるフェニックス・ドラゴンの全身を眺め上げ、ゆるゆると手を差し出す。と急変し、握ったこぶしを自身の顔面へ打ちつける。ボフッと、鈍い打撃音が響き、切れたくちびるから血しぶきが飛んだ。

自戒《じかい》の意味合いか？　いいや、悪夢なら覚めてくれということか――？

再び聖竜の心に怒りがこみ上げてきた。そんななか父は、現代だと化石に等しい「紙面による手書きの委任状」を聖竜の手に握らせてくる。

「こっ、これって――！」

「……君に持っていてもらいたい」

紙面には、現代地球の統治機構《とうちきこう》・最高レベルの責任者の名前と、ＤＮＡ認証も兼ね、なにより覚悟の証《あかし》たる血印《けついん》が押されていた。書かれている文字は世界共通言語だ。これは現代世界をつかさどるキーパーソンだけが持つとされ、光香《ひかり》の父は、こんな自分へ証を委ねるという。

これは、この世界、この空間などの秘密を手放すとの意味にあたる。また聖竜へ極度に強い重責がかけられ、託され、任されたということ。悪くとらえれば、丸投げされた。ひとつの事柄《ことがら》を除いては……。

「では、光香《ひかり》と一緒に、……いってきます」

「うん。あたしの助太刀《すけだち》を忘れないでね？」

ちょっと首をかしげて合図した聖竜の意図を、巨躯《きょく》の彼女がくんでくれ、力強いタッチでこの身をフェニックス・ドラゴンの首元あたりまで、グイと押し上げた。やはり戦うときはこの格好でキマり。彼女自身は、死角をうかがう様子はない。大丈夫、護《まも》ってみせるから。

続けざま聖竜は、大地から見上げる引き締まった面持《おもも》ちの父へ、いろいろな意味を込め、深々とおじぎした。そんな父は国防の経験もあるのか、ヒジをしっかり折った完ぺきな敬礼で応えてくれる。そして驚くべきことを口にしてきた。

「聖竜くん。やんちゃな娘だが……どうかよろしく頼む！」

「……父さん」と、大のフェニックス・ドラゴンが子猫さながらの、か細い声でささやいた。すぐに親子間のカベや偏見が崩れるとは思っていない。けれどこの身は、手伝いくらいはできるし、意外と早く不必要なカベは溶け落ちるかもしれない。

しっかりとした愛娘《まなむすめ》の言葉に、父はうなずき、誇らしげな顔つきで聞き入っていたからだ。

（よし、わしが案内してやろう。へたをすると今後の状況次第で、ゲートは開けなくなるかもしれん。覚悟を決め、皆、それぞれの世界へ戻るべきだ）

応じて、赤茶けた世界の「調査隊」は撤収《てっしゅう》準備を始めだした。聖竜を背に乗せたフェニックス・ドラゴンは、神出《しんしゅつ》鬼没《きぼつ》なオオカミ・ローグの案内に従い、七色空間の境を〝力〟で突破していく。

第四章

ダークマターへ託す希望

1　マイクロ・ブラックホール

光が飽和《ほうわ》したエネルギー、そう、白光《びゃっこう》であふれる空間の訪れは誤算だった。現在は闇側の空間に身を置く、とりわけ多くの仮想粒子《かそうりゅうし》を扱うエネルギー生命体は、周波数《しゅうはすう》的にも下位に位置する「仲間」を、地球の衛星「月」で適当に遊ばせていた。

エネルギーの「仲間」を増やし、生まれ故郷、いいや我らの神が住まう世界を目指す。演じたようなニセ神ではない本当の神の世界へ。そこで我らエネルギーのあるべき姿を悟るのだ。

この計画は変わらないが、宇宙をラプチャーさせるほどにエネルギー源を高めなくとも、ある生命体が「情報戦」の重要性を知らしめてくれた。

《ふふふ。浅はかなブルー・スペースの人間どもに感謝だな。マイクロ・ブラックホールについて無知な連中に……》

《そうですね。下位に位置するエネルギーたちも、まったく気づいておりません》

称《たた》えてやりたい〝参謀《さんぼう》〟が意識を送ってきた。まさしく情報、データこそスマートに物事を進められる英知だ。エネルギーの故郷へたどり着ければ、我らは称賛され、より多くの英知を得られるだろう。悟りも得られて――。

《マイクロ・ブラックホールが定位置にやってくるまで、月をなぶり殺しにしておけ》
《御意《ぎょい》に。ご成功を》

現代世界では、文明の営みが静止している——。

聖竜が住まう青色ベースの世界上空まで戻り、最初に感じたことだ。ローグの教えてくれたとおり、生命維持活動以外のエネルギーは残っていないらしい。

これならエネルギーの反乱は起きないが、人間は身動きひとつできない。それを示すよう、人波もなければ、公共の乗り物類もすべて停まっている。郊外に位置する深宇宙観測所へ、光香《ひかり》は真剣に飛翔《ひしょう》してい……ない！

「ねぇ、ほんと、変じゃない？　気は心っていうから、みんなの気持ちを身につけてるけれど……」

「僕の姿だって、これは空飛ぶ歴史的な観光名所だよ！」

言い返した聖竜の姿は、ややカラフルで光沢《こうたく》のある素材、そこへ刃止めが編み込まれた民族衣装と呼べるもの。緑色ベースの世界に住まう人たちからの、贈り物だった。

しかし聖竜の心はここにはない。

今ようやく、幼いときの、あのおとぎ話に出てきた少年そのものの姿になっているからだ。

窮地《きゅうち》に追いこまれた少年とドラゴンの行く末は、とうとう聴けなかった。そして肝心《かんじん》のドラゴンは……あっと。輝かしい飾りカブトをちょっとつけたフェニックス・ドラゴンが長い首を曲げ、こちらを眺めまわしていた。

「光香《ひかり》さ。問題なのは、姿じゃないんだよ」

「あたし、こんな格好じゃ、雄《おす》っぽく見えない？」とまぶたをまたたかせる光香《ひかり》の悩みどころは、そこだった。柔らかな曲線美の顔立ちは雌《めす》だけど、フェニックス・ドラゴンの筋骨隆々《きんこつりゅうりゅう》とし、雅《みやび》でもいかつい姿に武骨な装備まで加えると、彼女の言い分にも一理ある。

深く考えればハガネに匹敵するウロコで覆われたドラゴンに、ひざ当てのようなものとはいえ、武装や防具は必要ないだろうし……。そこで聖竜は自信を持って応じる。

「僕は雄《おす》でも雌《めす》でも、どっちでもかまわない」

「え～～、聖竜ってそんな性癖だったの？」

不意に聖竜は、要らぬ誤解を受けてしまう。しかし、こんな忌憚《きたん》ないやりとりも終わりだ。いよいよ緑豊かな地で着地体勢に入った光香《ひかり》が、不承不承《ふしょうぶしょう》な雰囲気いっぱいながら、地響きを立てて舞い下りたから。建物を背後にし、出迎えにきてくれていた面々。うち、綺麗なショートヘアの明蘭、生死をともにした姉のドラゴン、ライトが微妙に驚いた表情を浮かべ、口を開く。

「フォトン……。とうとう背中を預けられる人間と出会ったのね」

そう、ドラゴンは自尊心が高く、かつ死角で何をされるかわからない首元や背中へ他者を乗せるのは、極端に嫌っていた。お互いの熱いきずなは、ちっぽけな人間を「ドラゴン・ライダー」へと変えてくれたのだ。

「エネルギー生命体に感づかれるより前に、一気呵成《いっきかせい》でいきます」

声高《こわだか》に聖竜が考えを告げると、肩の荷が下りたとばかりに明蘭、ライトがふらふら姿勢を乱した。最後の最後までこちらを信じ、ライトはこの観測所のエネルギー源となってくれていたんだろう。

「姉さん！　あたしが引き継ぐから安心して」

咆哮《ほうこう》を放ったのは光香《ひかり》だった。ここも液状の端子が使われ、電波帯域《たいいき》でもなんでも高い互換《ごかん》性《せい》のある現代の設備だ。難なくフェニックス・ドラゴンからの新たな〝力〟によるエネルギー供給を受け入れられた。

「……頼んだわよ。フォトン。で、聖竜さん。あの……わたくしはあなたを……。いいえ、妹をありがとう。いつか、また、こっそりと」

「ん？」と疑惑の目を向けてくる光香《ひかり》。

ドラゴン、ライトのサイズを超えている光香《ひかり》が鋭く目をやったとき、明蘭はすでに固い地面へ崩れていた。光香《ひかり》はなにを思っているのか、彼女をジッと見つめたまま。

「エネルギー供給、継続を確認！」

とある作業着の技師がチェックしたことを声にした。間をおかず、スーツケースサイズだけど、正方形に近く、明らかに金属製とわかるボックスが反重力カートに載せられ、運ばれてきた。

まだまだ謎の多いダークマターだが地球はもとより地上にも、どこにでも不変的に存在する物質だ。ただ目には見えないし触れもしない。エネルギー生命体が仲間とみなす電磁誘導《でんじゆうどう》方式とは違う、コンバート・エメラルドが関与するエネルギーの生成方式に関係するもの。

これら、エネルギーを大量消費するこの中に、虎の子のマイクロ・ブラックホールが重力操作と磁力で封じこめられているのだ。そしてエネルギー生命体がいちばん、集まっている場所で解放し、波動どころか、生まれ出た意識すらも容赦《ようしゃ》なく呑み干させる――。

「……これで解決できる、か」

厄害《やくがい》は回避できるかもしれないが、本当にこんな解決方法でいいんだろうか。まったく異質なる生命体だからといって、単純に排斥《はいせき》して自分たち生命体は生き延びていく。

エネルギー生命体は議論できそうもない相手だ。しかし今後、人間はこの大宇宙を開拓するにあたって、もっと奇妙な生命体と出会っても不思議はない。そのときも、こんな……物質生命体「第一主義」的な対応を、とっていくのだろうか？

（なぁローグ、いる？　どこかの影にでもまぎれてるんだな？）

（むう、ご名答だぞ）

（だったら……僕の心、頭かな？　読んでくれていい。どちらの可能性が……生き物として賢明かなって、ね）

大きなシルエットにまぎれているという、世の摂理《せつり》にも博識なローグに、聖竜は悩ましい点をあけっぴろげにした。彼はエネルギー生命体を子供だといっているようだが、事実なら、ずっと考えていた可能性が生まれる。

それを胸の内に、聖竜は悩みの一部を独り言のような声にした。

「このやり方で……本当にいいのかな？　あとで間違いに気づいても、取り返しはつかない」

「答えがなければ、尋《たず》ねてみればいいじゃない」

歴史で有名なある王妃様の言葉を、フェニックス・ドラゴンが澄んだ瞳でこちらを見つめ、口真似してきた。「パンがなければ、お菓子を食べれば」のあの王妃様だ。実に前向きで直情的な、光香《ひかり》の言葉らしい。

「うん、かもね。今度は僕も、連中と対等な立場で話ができるかもしれないし」

なんだか安心させられ、うなずいていた聖竜は、光香《ひかり》がひょいと持ち上げたボックスを手渡された。と、直後に悲鳴をあげることになる。

「やだよ！　こんな物騒《ぶっそう》なモノ、持ちたくない！」

「聖竜は男の子でしょ。しっかりなさい」

今度は、まだ出会えぬ母を思わす口ぶりで光香《ひかり》が告げてきた。エネルギー供給が途切れたら、マイクロ・ブラックホールに呑まれて死ぬ、と何度訴えかけても、彼女の答えはＮＯ。

「だって……いい？　エネルギー供給が止まっているときは、あたし、死んでるってことよ」

ちょっと興奮したような光香《ひかり》が自分を抑えるよう、テンションを落ち着かせてきた。彼女にここまで言わせてしまった聖竜は、バツの悪さを覚え、強くつぶやきかける。

「……それは絶対、ない」

ここで所員や技師、そして観測所のトップだという田之上所長がスケジュールについて、ポータブル・ホログラム再生機を使い、説明してくる。どこかそわそわしているところを見ると、こんな間がじれったいほどに、事態は逼迫《ひっぱく》しているのに違いない。

女性オペレーターの淡々とした声だけがこの場に響いた。

「軌道《きどう》と重力場《じゅうりょくば》の関係も考え、地球にいちばん、影響が及びにくいポイントを使います。そのポイント以外では絶対にそれは使用してはなりません。そんな唯一無二《ゆいいつむに》のポイントとは——

——」

ホログラムに赤い輝点《きてん》が追加表示され、若干《じゃっかん》のメッセージも並ぶ。ここ、絶対的なポイント。そこは月の裏側だった。どうやら月そのものをマイクロ・ブラックホールと地球との間に挟んで「防護壁」にするようだ。また、マイクロ・ブラックホールはある程度以上の質量（物）を呑み込むか、一定時間が経つと「蒸発」という現象を起こし消滅すると注意を受けた。

予行演習もコンピュータ・シミュレーションもないままの短期決戦だ。現在、エネルギー生命体は月の赤道軌道《きどう》上に多く引き寄せられているので、月の北極か南極を通って裏側へ行く「極軌道《きょくきどう》」なら、障害は少ないとのことだけど……。

「ぎりぎり通話と助言はできる。桜橋聖竜殿、どうかご武運《ぶうん》を！」

「はい！　いってきます」

田之上所長の緊張した言葉と、男女の所員たち、座りながら手を振ってくれる明蘭ことライト、と見送る者は数少ない。こんな天変地異的《てんぺんちいてき》な災害を知る者も限られている。なにより自分たち以外のバックアップ要員や手段が、なにも存在していない――――！

聖竜が頭をめぐらすときも、フェニックス・ドラゴンの可憐《かれん》な翼《つばさ》は宙をかきこみ、徐々に大空へ、そしてそのはるか上へ上へと加速していく。しかし事の重大さはよくわかっていて、光香《ひかり》と交わす話はあまりない。

「もう空気の摩擦は、ほとんど感じられないわ」

光香《ひかり》がわずかに鼻先を向け、静かにつぶやいた。いよいよ地球の大気圏から離れたのだろう。そんななか聖竜はひととき、果てしない宇宙空間の広がりを満喫し、ちりばめられた星が放つ鮮やかな色彩に、魅了されていた。どれも手が届きそうなほどに鋭いきらめきながら、普通に「飛べば」到着まで数百年から数億年を要する。それほどまでに宇宙は広大なのだ。

そして広げた両腕いっぱいに、眼下では「地球」が右から左までゆるやかなカーブを描く海色の曲面と化していた。白き光を放つモコモコ雲の合間から、まだ緑の多い大陸が……みんなをはぐくむ大自然が顔を出している。

こんな、息すらひそめる絶景を前にして、なんだか意識が集中できず、とっておきのアイディアも最低の暴虐《ぼうぎゃく》も、なーんにも浮かんでこない……。

「ね、光香《ひかり》？　戦いなんてやめてさ、このまま誰も知らないところまで、逃げちゃおっか？」

「え？」

翼《つばさ》のあおぎで重力コントロールしているような光香《ひかり》からの、沈黙を破るひと言だった。聖竜はすぐに気を戻したけれど、「異端な生命体の扱い」についてさっき考えたこと、悩んでいること、これらは最愛の〝ひと〟には見抜かれていたようだ。

新たな〝力〟を手に入れられた自分たちならば、かなり辺ぴな場所でも暮らしていけるだろう。しかし――。

「こんなにも美しい自然、壊したらいけないな」とは聖竜の口から出た、自分自身をも戒《いまし》める言葉だった。広大な宇宙の見知らぬ惑星、そこのまだ出会えぬ生き物も、自然界が大切に大切に、はぐくんできたもの。

もっと視野を広げ、「太陽系」で起きそうな自然破壊を、他の星々の自然界にまで波及《はきゅう》させてはいけない！　そのためになら、自分は鬼にでも悪魔にでもなろう。

「そう……。聖竜がその考えなら、あたしも一心同体よ」

「ありがとう」

極彩色《ごくさいしき》の体を飛ばす光香《ひかり》が、見惚《みほ》れてしまうドラゴンの顔を軽くかしげた。太陽の直射光を受け、武装した彼女の各部は、金属が最も映える光沢《こうたく》を放っている。

暗い宇宙空間の前のほうで、未だ炎上中の月は、帯電させられたリングを土星のように取り巻きにしていた。そのまま、こちらへかなり近づいてくる。光香《ひかり》は月の北極方向へ進路を変えていった。

だが彼女と似た、ややカラフルな民族衣装に手を当てた聖竜の、心臓はとめどなく高ぶって鼓動する。エネルギー生命体があまりにもおとなしく、人類が用意した「エサ」に食いついているからだ。妨害も攻撃も一切、しかけてこない。

「……かえって、不気味だな」

月の裏側まで飛び越えていく〝ふたり〟だったが、平穏すぎる点がアダとなった。聖竜たちは地球との通話をしておらず、非常事態に陥っていることを知らないのだ。

通話も、エネルギー生命体たちに妨害されていると、まだ知らない……。


深宇宙観測所内でライトこと明蘭は、最小限のコンソールをあやつるオペレーターのわめき声を受け、自身もワーストケースを考えて準備しようと心に決めていた。

「わ、惑星防衛機能の一部が……暴走しています！　エネルギーが充填《じゅうてん》され……何者かのサボタージュで――」

「落ち着きたまえ！　地球の軌道《きどう》変更でもされているのか？」と若い女性オペレーターへ飲み物を差し出す田之上所長だったが、次の言葉で当人も、ノドがカラカラになってしまったようだ。

「いいえ。月が……っ、月の位置が大きく変えられています！」

「……い、いかん」

あわてる様子を明蘭は見、これが存亡をかけた死戦なんだと認識を改めた。月の位置が変わってしまっては、絶対的だったマイクロ・ブラックホールを解き放つポイントも変わる。しかし何者が、いきなりのサボタージュに出たのだろう？

この作戦を知る者は、ごく限られている。もちろん自分ではないが、こうなった以上、備えは万全にしておきたい。若いオペレーターの甲高《かんだか》い声が広まった。

「聖竜さん、光香《ひかり》さん、ともに通話不能です。作戦の一時中止を指示できません！　これもサボタージュの一環だと思われます！」

「呼びかけを続けるんだ！　地球への影響は、計り知れんぞ！」

これが今の明蘭が、ここで耳にする最後の言葉になった。体力の残りカスをかき集め、明蘭はライトとして、失敗するかもしれない旅へと静かに出る。

強制的にゲートを作って監視しているブルー・スペースでは、すべてが思うとおりに進み、まもなく我らはエネルギーの故郷へ到達《とうたつ》する。そんなときの訪れを、俗物たちの「悪あがき」がひしひしと感じさせていた。

エネルギー生命体の最上位に君臨《くんりん》する格別な存在は、良き働きを見せてくれた「裏切り者」をほめたたえた。そう、ブルーベースの人間とグリーンベースのドラゴン、さらに、ちんけな策略についての情報をもたらした裏切り者を――。

《あとは誤ったポイントで、マイクロ・ブラックホールが使われればいい。これで我らのエネルギーと合わせ、この宇宙へ修復不可能な亀裂《きれつ》を入れる。もはや待つだけだな、ローグよ》

（そのとおり、主《ぬし》さま。わしらはあなた方の旅立ちを祝福し、見送らせていただきたいのだが、ご許可いただけますかね？）

《許可する。物質生命体以外ならば、エネルギーの故郷へ赴《おもむ》くのは可能だろう。実に……賢き裏切り者、ローグだな》

俗物な相手ながらも生存の許可をしてやると、ローグの意識がニヤリとするのが察しとれた。データ、情報、これに始まり、最終的にはこれらを使えば実にクリーンな終局を迎えられるもの。

《閣下。物質生命体の一個体がグリーン・スペースへのゲートを開いた模様です》

（ブルーベースの人間を見限ったものと思われますな）と、うなるような響きをするローグの進言があった。気ままに振る舞っていたブルーベースの人間どもは、とうとうどの生命体からも、あまつさえ依存し切っていたエネルギーにさえ、見限られたとのこと。

《むはは、はは。笑いが止まらぬな。俗物二匹が予定ポイントへ着いたら、一撃で仕留めるのだぞ。俗物が疑問を感じる前にな》

《御意《ぎょい》のままに》

配下の者は応じてきたが、裏切り者ローグの意識はもう、ニヤついていなかった。

2　悪魔のデジャブ

蒼茫《そうぼう》たる暗き空間を回転しながら漂う岩塊《がんかい》は、あてのない旅を続ける孤独な旅人さながらだった。今は燃える肌を見せる月面は、命を誕生させることも消滅させることもなく数十億年前、太陽に火がともったときから、ただここに存在している。

それでも太陽系の立派なファミリーで地球とは、双子だという仮説もある。月は普段、目にしている表側より裏側の方がクレーターやでこぼこした荒れ方は、なだらかだった。そんな領域へ聖竜を乗せた、雅《みやび》なフェニックス・ドラゴンが静々《しずしず》、訪れる。

「ここなの、ポイントって？」光香《ひかり》。ドラゴンの肉体GPS機能が頼りなんだ。間違いない？」

「相変わらず聖竜は、たとえ方がヘタクソなのよねぇ」とは、脅威《きょうい》の精度で位置特定ができる能力に、難癖《なんくせ》をつけられムッとしたような光香《ひかり》の返事だった。

心底、怒っている感じもなく、マズルを向けてうなずいているところを見れば、自信の度合いがうかがえる。ただ重要な局面なので、聖竜は地球へ連絡だけはしておこうと思った。その瞬間――――！

フェニックス・ドラゴンが吠え、鎌首を躊躇《ちゅうちょ》する様子もなく、もたげた。聖竜の目の前がウロコの首筋でいっぱいになった途端、ズブリっと、鈍い音が広がる。

光香《ひかり》の澄んだエメラルド色の瞳に、黒い鉄ヤリのようなモノが突き刺さっていた！

こ、このシーンはデジャブか？　いいや違う。おとぎ話にあったひと幕とまったく同じだ！

そして同じように心より想い合い、愛し合い、ほれぼれする間柄の「ドラゴン」は、身を呈して聖竜を護《まも》ってくれた。あうんの呼吸どころではない。でも……！

「グガァッ！」

短くうめいた光香《ひかり》は、突然のことに体を震わすショック状態へ陥っている。続けて聖竜が携《たずさ》えていた、あの格納ボックスから合成音声が冷ややかに放たれてきた。

〈電源の供給が途絶《とだ》えました。保管機能の破損まで、残り三〇秒です〉

電撃的な展開に聖竜はうろたえ、最初に思ったのは光香《ひかり》の死――。「エネルギー供給が止まっているときは」との彼女の言葉が頭のなかを駆けまわる。自分は護《まも》るって約束したのに――。

ダラリと頭《こうべ》を垂《た》れ、重力の補佐も激減したなか、聖竜は彼女の長い首を這いずっていき、雌《めす》でも勇ましい頭のところで鉄ヤリらしきモノに手をかけた。ドラゴンの血液でどろどろになっているけれど、大事なのは状態ではなく、光香《ひかり》の生死だけだ。

「な、なに、生き物――？」

ところが鉄ヤリだと思っていたモノは、急に波さながらに脈打ち始めた。それも一定の周期をもって整った波。こいつは「波動」だ。どうやったか知らないが、エネルギー生命体は自分たちの化身《けしん》、グラフという二次元の産物を三次元のこの世界へ実体化させたらしい。

「波動は……こんな形で、ここ、物質世界へ干渉《かんしょう》してきたか！」

ここはすでに空間そのものが変異している。エネルギー生命体はこの場から、連中の故郷だという、揺らぐ空間への亀裂《きれつ》を作っていく気かもしれない。

理論上の話でも「次元」をアップさせたり、宇宙空間を破たんさせたりするには、とてつもない量のエネルギーが必要なはず。だが月の巨大発電機が相手に、思わぬ副産物を与えてしまったようだ。

しかも実体化した「波動」のヤリを親愛なる〝ひと〟から、ぬるぬるの手で抜いた直後、エネルギー生命体の猛攻撃《もうこう》がスタートする。エネルギー生命体は、用意周到に下準備していた。そして宇宙への最期の一撃を、マイクロ・ブラックホールに射抜かせたいのだろう。

「……聖竜、あ、あたし」

「光香《ひかり》！」

ふっと安堵《あんど》させる、柔らかい声が伝わってきた。気丈な巨躯《きょく》の彼女は、人間で言えば、指にトゲが刺さった程度だと強がってくる。うん、今はそう思っておこう。ほほ笑んでうなずき、聖竜はあたりを見まわした。迫りくる「波動」の群れは、とどまりそうにない。

「ここだと狙い撃ちだ。月を取り巻くリングの中に突っ込んで逃げよう！」

どうやら、あの格納ボックスへのエネルギー供給を、エネルギー生命体は意地でも停めさせる気だ。つまりここでこちらを始末し、マイクロ・ブラックホールを解放するのが狙い。だとしたらここが指定ポイントとは違うのか、予期せぬ緊急事態が起きたのか、どちらかだろう。

かわし切れなかった正弦波《せいげんは》（凹凸の激しいグラフ）がボックスへ直撃する。ボックスは火花を散らしながら、聖竜の手から吹っ飛ばされていった。不意打ちから立ち直ったフェニックス・ドラゴンは、ランダムな波形といえる並んだ牙で食らいつき、角ばった正弦波《せいげんは》をバラバラにしていく。

「あのさ、聖竜。月のリングの中はエネルギー生命体の巣窟《そうくつ》よ。行くのなら、あなたを逃がせるところ――」

〈マイクロ・ブラックホールの保管機能、故障しました。機能維持の限界まで残り一〇秒です。退避してください〉と無機質な機械音が割り込んできた。

「ふん、言われなくてもするわ！　あたし、もう機械や数学が大嫌いになりそう」

どなったフェニックス・ドラゴンがその巨体で、襲いくる危険な矩形波《くけいは》やノコギリ波など、数学のグラフでしかなかった存在を、腕を振るい、長い尾をしならせて弾き飛ばした。そのまま大暴れする彼女は、七色空間のゲートを作りだそうとする。

「待って！　ゲートも使わない。もはや僕らにできるのは、作戦どおりマイクロ・ブラックホールから身を守ることだけだ！」

「わかった……わかったわ」

　鼻先を振るフェニックス・ドラゴンは月の裏から転回しようと、体勢を立て直している。だが大なり小なり二次元の「図式」、そう、線や曲線たち存在の執拗《しつよう》な、滅多《めった》打《う》ちに遭っていた。丈夫で別世界の民族衣装でなければ、この身もやられていた。

巨大な「図式」、先ほどのようにノコギリ波など危険なやつが襲ってこないところをみると、連中の狙いは足止めだ。マイクロ・ブラックホールの餌食《えじき》となるのは、こちらということ。

「くそったれ！　こんなもの！　絶対値《ぜったいち》の記号で動けなくしてやろうか！」

ん？　まさしくその手だ。基本は線と面でしかない図式たちの攻撃なんてもの、数学を知る者の「意識」を逆手《さかて》にとったトリックに決まっている。聖竜はためしに円の方程式と、直線の式とを念じてみた。この異常な場では「意識」がカタチになる——。

（ど、どうだ？）

　すると予想どおり円と、どこまでも続く線が二次元の世界から現れ、ぶつかってくる。野蛮《やばん》に振る舞うのは否めないが、こいつらは、かわいい連中だ。

つかみとった聖竜は結び目を作って投げ縄状にすると振りまわし、カウボーイになりきって暴れる図式たちの捕獲《ほかく》を行う。

「おまえら、とっつかまえてやる！」

「ぜひそうして！」

「と、やっ」

電光石火、聖竜の捕獲《ほかく》は成功し、ほんのひととき、今後トラウマになりそうな「図式」たちの襲撃がおさまった。図式が絡まる投げ縄を放り捨て、すかさず叫ぶ聖竜。

「光香《ひかり》、今だ！」

〈全機能喪失《そうしつ》しました〉という熱い声と、冷たい合成音が重なった。見る見る艶《あで》やかなフェニックス・ドラゴンのウロコが引き締まっていく。曲線が美しい女体であっても、隆々とした筋肉部分は躍動した。次の瞬間に――。

聖竜が目にする宇宙の光景は、どこか小さく中央へ圧縮された気がする。狭くなったというべきか、距離が縮んだというべきか。とにかく彼女のウロコすべてが逆立つようにさざめいたとき、世界の縮小化現象が終わった。

見える光景が上下左右に伸張していき、いくらか距離ができた燃ゆる月の妖炎は、なびくオーロラそっくりにうごめきだす。もしや……時間の流れがひととき……遅くなっていたのではないのか――。

突拍子《とっぴょうし》もない現象を前に、聖竜は興奮しつつ、高まる声で問いかけてみる。

「まさかフェニックス・ドラゴンは亜光速《あこうそく》で飛べるの？」

「光に近いスピードってこと？　なら答えはＹＥＳね。すごく疲れちゃうけど」

人間そっくりに手のひらを上向け、肉厚な動きがわかるほどにフェニックス・ドラゴンがとぼけ、肩をすくめてきた。聖竜はいつものクセで、もっと「分析」したくなったけれど、そんな時間はすぐに終わる。光香《ひかり》のおえつに近い悲鳴が聞こえてきたからだ。

「月が……、砦だった月が、フラフラ動き始めて……るわ！」

「……だ、だね」

まず間違いなく、誤ったポイントでマイクロ・ブラックホールを解き放つ結果となった。先陣となる燃える月面上層部の炎やガス、それらがすべてを吸いつくす一点の周囲に、台風のごとき渦を作る。

マイクロ・ブラックホールとはいえ、中心部では生者も死者も物もなにもかもが、平等に壊される運命だ。人間なら肉片どころか細胞、いやいやもっとミクロな分子へ、さらに分子も原子核ともども破壊され、素粒子《そりゅうし》へ。

このあと、素粒子以下にまでつぶされるのか、別の何かにされるのか、ブラックホールの事《じ》象《しょう》の地平面を超えた先は、物理学すら破たんしている。よって、まったくの不明。さまざまな仮説が飛び交う状態だ。

そしてマイクロ・ブラックホールでも威力《いりょく》はケタ違いで、火炎ガスの合間から、水滴のように青い地球の光輝く姿が顔を出した。すでに月の赤道上でリングを作っていた岩塊《がんかい》は、吸引の勢いに弾き飛ばされ、地球のほうへと猛進している。

まもなく地球は流星雨《りゅうせいう》に見舞われるだろう！

続けざまマイクロ・ブラックホールの吸引力を受け、地球は大気のベールをはがされていく。地球の軌道《きどう》も影響を食らい、生命をはぐくめない浮遊惑星と化すかもしれない。

もちろんこの宇宙をラプチャーさせられ、風船に穴が開いた状態になれば、そんなことを考える必要もなくなるけれど……。

《どうだ？　人間。ドラゴン。すぐにでも我らはエネルギーの故郷へ続く亀裂《きれつ》を発生させる。だがおまえたちには、特別に慈悲をかけてやってもいい》

周囲が光の渦で明るくなり星々は見えない。漆黒《しっこく》の暗さをした宇宙空間に、あのエネルギー生命体の神々《こうごう》しく演じられた声が、頭に直接、投げ込まれてきた。

（くそ、ませたガキめ。人間やドラゴンを子供扱いしているな）

顔を方々へ向け、聖竜は発信源のわからない声の主へ、最期のチャレンジを試みた。しかし話を引き伸ばしているときにも、聖竜は自分自身の〝力〟を信じ、気迫というパワーを赤き炎の月へ送り続けている。

（手前へ手前へ手前へ――来い！）

粘りながら聖竜はエネルギー生命体への説得も試していた。

「エネルギーの故郷とは究極の地だ。人間の間では神様の住まわれる世界とされる。おまえたちは神に会うため、死のうとしてるんだぞ。それも宇宙全域《ぜんいき》を巻き込んで」

《ほう。冷たいものだ。死ぬなら独りで勝手に死んでくれと？》

「そうじゃない。別の有意義な生き方を見せつけて、神様のお呼びを待てと言いたいんだ」

これは聖竜が本気で願っていること。青臭くなっても「共存共栄《きょうぞんきょうえい》」の道を探りたい、見つけたい、教えたいと考えていた。こんな願いに、根が優しい光香《ひかり》も加わってくる。

「あたしたち、ええっと物質生命体だっけ？　エネルギーを奴隷化《どれいか》してるなんて本気で知らなかったの。だけどわかるでしょう？　新しいエネルギー源を見つけた。これからきっと改革されていって……」

《ふん。きっと、か。それならきっと、電磁気エネルギーの源たる、太陽も消してくれるんだろうな？》

「太陽のエネルギー源は核融合の直接変換だ。タービンを回す電磁誘導《でんじゆうどう》とは違う！」

思いつくまま言い返したが、この「子供」は言葉遊びもできる知性だ。なんとかしてやりたい。しかし惑星防衛機能が働かない地球へ、大気圏で燃え残ったリング片がもうすぐ降る。

地球を守り、命をともすはずの大気ですら、マイクロ・ブラックホールの影響を受け、吸われ、希薄《きはく》になっていく。みんなの全滅は避けられない！

潮は満ちた。一《いち》か八《ばち》かカケに打って出よう！　会話を読まれてもかまわないと、聖竜は「しぶとい裏切り者ローグ」の名を呼んだ。途端、うなる獣の声が不満そうに脳裏《のうり》へ現れてくる。

（むむう、そなたは利発だが話し方に柔らかさがない。わしのことは、粘り強い情報コンサルタントといってくれ。そなたの悩みを解決する糸口を作ったのだからな）

「お説教はあとで。それより予定どおりか？　決行できるか？」

こんな問いかけには、いくえにも、いいやそれ以上に重なり合った獣の遠吠《とおぼ》えっぽい声が応じてきた。つまり予定どおり、決行できるということだ。

うろたえているのは、ご本尊と思われるエネルギー生命体だけだった。

《う、裏切りの裏切りか？　貴様たち、いったい何をたくらんでおって――》

怒号が響くなか、聖竜は両腕を伸ばし、月をしかとロックオンした感触を得た。そのまま手前へ手前へと全身全霊の念を放ち、近づくのが見てわかるほどのスピードで引き寄せていく。

「く、くくくっ、うりゃぁぁぁぁ！」

「せ、聖竜……？」と案じるような光香《ひかり》。

月面からはバラバラと岩つぶてがマイクロ・ブラックホールに吸われ、渦巻くガス円盤の中央へ呑まれていった。月そのものも、もはや円形をしておらず、マイクロ・ブラックホールの力で、ひしゃげた「ひょうたん」形状へと変わっている。

「くぅっ！　来い！　来い！　うおおおぉぉ」

吠える聖竜は〝力〟を使い続け、フェニックス・ドラゴンの護《まも》りもあってジャマされることはない。そして自分たち物質生命体もエネルギーを含めて革命を起こすから、エネルギー生命体自身も、新たなる生き方を選び、歩んでほしい。

《ま、まさか！》

「そう、そのまさかだよ。いっけーー！」

どやし返した聖竜は、ありったけの力で腕を振るい、変形のおびただしい燃えさかる月を、渦巻くガス雲の中心部へ、マイクロ・ブラックホール中央へ向け、一気に動かしてみせた――。

赤き月のど真ん中に、ビキビキと亀裂《きれつ》が走る。

真の故郷で「長い素潜《すもぐ》りの刑」に挑んだ明蘭こと、ドラゴンのライトは自身の体の変質を感じていた。これが全宇宙に不変に存在する「ダークマター」を扱う〝力〟。喜びに生きるドラゴンの〝力〟が、飛躍的にアップした気がしてならない。

「……おそらく、これは」

エネルギーの代謝《たいしゃ》や変換には、コンバート・エメラルドが関わっている。確信できたのは、化石として残るそれを手に、ブルーベースの現代世界へ舞い戻ったときだった。

意識の具合で姿も「変換（変身）」できるのだ。そのうえ、明蘭の身になって深宇宙観測所へ行き、コンバート・エメラルドを液状マルチ端子へつないだ途端、エネルギーが回復した。

これなら核融合炉《かくゆうごうろ》の代替品《だいたいひん》として、すぐにでも実用化できるだろう。

現代世界の革命に寄与できれば、ドラゴンの糧《かて》となる喜びの情念も一段と際立ってくる。間をあけず明蘭は手足を獣と変え、ウロコの太い胴体と気高き翼《つばさ》を生やし、うねる尾を末端にした。

ドラゴン、ライトの身へトランス・フォーメーションし、やや雲が多い大空の頂へと飛翔《ひしょう》していく。そんな大空からは出迎えの雄《お》たけびが響いてきた。

「ようこそ、ライト様。おっと、さっそく！」

「ええ、わたくしたちの出番が来ましたよ。共同戦線の威力《いりょく》を見せるときです！」

現在ライトは立場上、導いてきたドラゴンの大編隊、その指揮官だ。ただ感情表現がいまいち「熱く」ならない指揮官のかけ声は、クールな響きを帯びてしまう。

それでも大気圏を突き抜け、地球の地表面《ちひょうめん》へ降る岩塊《がんかい》は、〝力〟を持つ同族たちが体を張って食い止めていた。万一の事態を考え、呼び寄せておいてよかった。

ややガスの多い空から、真っ赤な岩塊《がんかい》が空気を切り裂いてくる。そのまま地上で栄える人間たちの文明へ牙をむいた。落下速度は猛烈だが、新たなる〝力〟のご加護か、完ぺきに動きを見切れる。要所に展開している〝力〟ある仲間たちも同じだろう。

「グガァッ！」

多少の熱さは感じるけれど、ライトもそれに加わり、落下してきた岩塊《がんかい》をガシッと受けとめる。そのまま両腕に破滅的な力を込め、岩塊《がんかい》を無害なサイズにまで粉々にしていった。

そんなライトは、はっきりとは見えないが変形のおびただしい月と、かたわらでチャレンジしているはずの聖竜の身を切に案じていた。この腕で時に優しく、時に凶悪《きょうあく》に抱いたことのある、初めての人間、不思議な聖竜。

彼には絶対的な守護神たるフォトンがついているのに、自身が複雑な気持ちになるのは間違いなく聖竜を――。

（おいよ、ドラゴンさん。俺たちのことも、ちょっとは心配してくれよ）

想う人を心に宿すライトが、仲間たちと岩塊《がんかい》の守りに入るなか、さらに上空ではガス状生命体が大気の皮膜と化していた。ええ、ガス状生命体であるローグの仲間たちも、その身を拡散《かくさん》させシールドの役割を果たし、地球大気の流出を瀬戸際《せとぎわ》で止めているのだ。

「ですね。ごめんなさい」

(まぁ謝ることはないが、俺たちも体の一部を失い始めていてな)

ガス状生命体はあっけらかんとしているが体を失いすぎると、個体として命をともせなくなるに違いない。大気の皮膜は悲しいことに現在、月から飛ばされてきた岩塊《がんかい》に穴をあけられている。

穴は点にすぎないが、点は伸びて線になるもの。ガス状生命体たちのダメージも大きくなってしまう。

(ライトさん、でいいか? なあ、あとどのくらい、こうやって粘りゃいいんだ? 大気を吸うマイクロ・ブラックホールは消滅してくれるのか?)

想定外の事態は常に起こり得ることだが、ここまで当初の作戦から外れた展開になるとは、考えていなかった。だからちょっとマズルを下げたライトも、うまく先を読めない。岩塊《がんかい》の落下も散発的《さんぱつてき》に続き、盾のはずだった月はますます細長く変形していく。

「……もうすぐ聖竜さんが、光明を見出してくれるでしょう。それまでですよ。お互いにがんばりましょう」

（ふーん。あのローグ隊長もずいぶんと聖竜さんとやらには、期待をかけていたな。そいつはいったい全体、何者なんだ？　創世神《そうせいしん》レベルの英雄《えいゆう》なのか？）

「いいえ。この世界の、たったひとりの人間ですよ」

そう、唯一無二《ゆいいつむに》なミラクルを引き寄せ、ドラゴンをも超えた〝力〟をあやつれる人間――。

しばしライトは鼻先を垂直に立て、はるかかなたの宇宙へ想いを馳せた。ガス状生命体たちのかけ声も広がる。

（ううっ、まだっまだ粘るんだぞ！　しぶとさを思い知らせてやれ）

「ガ、ガァッ！」

俊敏《しゅんびん》に移動したライトは、またひとつ岩塊《がんかい》をキャッチし粉砕《ふんさい》。その上空を覆う、どれほど来ているのかわからないガス状生命体たちは、体も意識のリンクも張りめぐらせ、ひたすら耐えていた。だけど永久的な守りや完全なる防護は、あり得ない。

共同戦線にも限界はある。急いで、そしてありったけの喜びを、どうか。死を生に変えられる桜橋聖竜――。

最上位に君臨《くんりん》していたエネルギー生命体は、意識が芽生えてから初めてとなる「冷たい驚き」や「焦り」といったネガティブな考えに支配されかけていた。愚かだと、蔑《さげす》んでいた感情に、自らが囚《とら》われているのだ。しかし堂々たる意識の伝達に弱さはない。
《今すぐ、我らが故郷への亀裂《きれつ》を作れ！　もう遊んでいるひまなどない！》
《踏み台にすべし下位の者の一部がマイクロ・ブラックホールに呑まれました。宇宙空間をラプチャーさせるだけのエネルギーが、わずかに足りません！》
《やむなし。我も一部をエネルギーにして赴き……ギャオオォォ！》
排除したはずだった色のない闇だけの空間に、飽和《ほうわ》した光のエネルギーたる強烈な一閃《いっせん》がほとばしる。予期せぬ攻撃にうなったエネルギー生命体は、美しくも激しかった自身の波動、その塊から干渉《かんしょう》の火花が散り、形も乱されているのを察した。
（どうやら、わしのことを忘れていたようだな）
吠える意識を伝えてきたのは、忌々《いまいま》しいローグだった。白き光をまとう面倒な相手で物質生命体と、我ら波動生命体の中間といったところ。我らの波動性と物質・粒子性とをあえて干《かん》渉《しょう》させ、足止めを食らわせてくる。
《許さん！　貴様なんて消え失せろ！》
（おまえたちは飽和《ほうわ》した光、そう、白光《びゃっこう》する空間も取り入れていた。本当は光の粒子性に、うむ、物質となって宇宙に寄与したいとの思いがあるのだろう？）
《黙れ。肉体というものにしばられない波動エネルギー体のほうが優れていると、貴様もわ

かっているはずだ！》

だが寝返ったローグは低くうなる意識で（場合によるが、おまえたちは違う）と、はっきり伝えてきた。そんな意識の裏には、小出しにされた驚嘆に値するプランが潜んでいる。加えて、これぞエネルギーの神が最も祝福する「生きざま」であろう、ともローグは言う。

《我は、か、かどわかされんぞ！》

（むう、ならば、たとえエネルギーの故郷へ帰ろうとも、エネルギーの神に出会おうとも得られるものは何もない！）

君臨《くんりん》するエネルギー生命体と、幻の気高き大型オオカミとの最終決戦が始まった。これは波動エネルギーと物質を造る粒子の激突であり、どうあっても避けられないものなのか――。

3　新世紀へのラスト・チャレンジ！

深淵《しんえん》なる宇宙空間が色彩であふれている。なおもフルパワーで念じ、腕を動かす聖竜は、大量の火炎ガスやリング片などのデブリ（岩屑《いわくず》）が、渦を巻く光景を見た。フェニックス・ドラゴンの光香《ひかり》もたくましい手足で、吸引する重力に拮抗《きっこう》するよう踏んばってくれている。

「……そういうこと、ね」

「そ、そう、だよ。うぐぐぐぐっ」

筋肉質ながらエレガントに長い彼女の首筋が、納得するよう揺れた。利発な光香《ひかり》だから、先の先まで読み切ったのかもしれない。

揺れの合間からは遠くに位置し、でも影響が心配な真っ青な地球が顔をのぞかせてくる。

「共同戦線」が張られているというから、自分も気合いで臨もう！

みんなのおかげで聖竜はいよいよ、モノが呑まれるマイクロ・ブラックホール中心部のかたわらまで、燃えさかる月を引きつけられた。エネルギー生命体の珍しく、うろたえるような意識も届いてくるが関係ない。

「どうだ！　エネルギー生命体も死を恐れるか？　僕は……恐ろしい！」

みんなの母星・地球へダメージを与えるはずが、この「想定外」の行為でエネルギー生命体たちも、かなり巻き込まれているだろう。聖竜の真意とは違っているけれど、やむを得ないこと。

（破壊のない創世なんか机上《きじょう》の空論《くうろん》だ）と信じているから。

「ああっ！」

燃えさかる月がまばゆすぎる光を放ち、轟音《ごうおん》こそしないが崩壊《ほうかい》を始めた。ギザギザな裂け目が四方八方に広がっていき、驚く量の岩塊《がんかい》をまき散らす。亀裂《きれつ》は深く太くなり変わっていき、変形した月全域《ぜんいき》へ広がった。崩れた部分は容赦《ようしゃ》も、そして逃げ場もなくマイクロ・ブラックホールの餌食《えじき》となる。

「これだけの質量を呑ませてやれば、きっと——」

「きゃぁぁ、ガァァァ！」

前触れなく目に見える光景が一回転した。しかもフェニックス・ドラゴンの巨体が見る見る火炎ガスとデブリ（岩屑《いわくず》）の渦へと引きずられていく。重力の守り、……彼女の守りが消えかかっているのか、頭と足先にかかる重力の差、いわゆる潮汐力《ちょうせきりょく》で聖竜の体は千切《ちぎ》れそうにもなった。

「グルル。一帯の重力が……ガ、ガァァッ、く、狂い、は、始めて！」

「そ、そうなのか！　みんな……苦しんでる」

「ええ」

人とドラゴンの咆哮《ほうこう》入り混じった説明を、光香《ひかり》が巨躯《きょく》を縮めて告げてくる。聖竜も締まり切ったフェニックス・ドラゴンの体にしがみつき、重力場《じゅうりょくば》の乱れに耐えようとした。たとえ月と一緒に、運命共同体になったっていい。

自分がやろうとしているのは、悩みに悩み、思い描いたプランだ。ローグに伝えた最期の大仕事をするだけの時間さえ、与えられるのならば――。ブラックホールの奥底がどうなっているのか、実地で観測してやろうじゃないか。

だけどあれだけ追い求めてきた美しいドラゴンを、……灼熱の愛がたぎる光香《ひかり》を、自分の死の巻き添えには絶対できない！

「光香《ひかり》！　もう一度、亜光速《あこうそく》で飛ぶんだ！」

「ダメよ！　あたし、重力コントロールの具合がおかしくて、聖竜へかかる加速力をゆるめられないの！」

光香《ひかり》が悲しげな声を荒げたが、聖竜は決意していた。りりしいフェニックス・ドラゴンの体《たい》躯《く》へわずかの間、ほおずりしてから甘え、その芳《かぐわ》しい温《ぬく》もりがこの身へ移ってきたとき、そっと手足を離していった。飛べない分、人間は〝力〟を得ても機動力は低い。

しかし、マイクロ・ブラックホールの渦へ引きずられながらも、フェニックス・ドラゴンは翼《つばさ》から手足、尾までを振り乱して一瞬、離れかけた聖竜の体をぎゅぎゅーっと、なりふりかまわず抱きとどめてくる。

「ダメよ聖竜。それがカッコいいとでも思ってるの？　あたしたちの関係っていったいなんなのよ？」

「青色ベースの人間と、緑色ベースのドラゴンだ」とあえて、宇宙空間のような冷ややかな声で言い放った。大きかった月は、いまや散《ち》り散《じ》りで大小の破片にまで分解し、マイクロ・ブラックホールへ呑まれ、消えている。自分たちもそんな、光さえ脱出できない地点へ、どんどん近づいていていた。

「そう……なの。それだけ？」

ふりむきざま、フェニックス・ドラゴンは強い落胆《らくたん》の表情を浮かべてくる。彼女が何を期待していたか、聖竜には手に取るようにわかった。だから一回くらいは本心を甘くささやこう。

「光香《ひかり》は僕の……今世紀で最強にチャーミングで、最強なお嫁さんだ」

「やっと……やっと、そう呼んでくれたわね、あなた」

このとき聖竜の背後に激しい、黄金色の輝きが再び現れたという。ガスやデブリ（岩屑《いわくず》）が飛び交い、回転しながら激突するなか〝ふたり〟は爆音のようでいて、みずみずしさも合わせ持つ声を、頭で受けとめることになる。

《おまえは破壊ののち、世界は創世されると念じていたが、まことか？　それはエネルギー生命体にも当てはまることなのか？》

聖竜はぎりぎりの環境下に耐え、エネルギー生命体が一枚岩ではないと知った。当然だ。集合意識でもなければ、個体の数だけそれぞれの考えがある。多くの考えに賛同するか否かで、文明というものは成り立っているのだ。

自分はもっと深く考え抜けるほどの、哲学者ではない。けれどもし、エネルギー生命体たちが「本能的」に故郷を察したのなら、別の本能がこの宇宙では本来、エネルギーとは創世の場で活躍してきたという数百億年の記憶も、よみがえってきているのかもしれない。

だって現在、目の前に広がる光景は、聖竜はもちろん、お嫁さんも直には見たことないはずだけど、宇宙空間で観測されている原始恒星系《こうせい》、惑星系の誕生シーンそっくりなんだから――。

強い重力による吸引のなか〝ふたり〟は体勢を乱していても目配《めくば》せし、うなずき、聖竜は力の限り、エネルギー生命体へ向け声をカタチにする。

「エネルギー生命体にも当てはまる。物質だろうと波動だろうと、ともに切磋琢磨《せっさたくま》し合う創世ができる！」

《今告げた内容を証明せよ》

「僕にはできない。なので、僕たちは証明するため行動してチャレンジするんだ。君たちはこれからも生き抜き、いずれ念願の創世神《そうせいしん》と出会う」

……会話はここまで。もはや潮汐力《ちょうせきりょく》が強くて身がもたない。すまない。

愛妻のフェニックス・ドラゴンは逃げられるはずなのに、この場に残り、色鮮やかなウロコをかきむしるよう無慈悲《むじひ》に、はがされている。キズ口から流れ出た体液も、例外なくマイクロ・ブラックホールのほうへ消えていった。

こんなところへ、二次元空間からの襲撃を受けたとき、まじっていた図式・グラフで、これは……かなり大きなサインカーブがするすると伸ばされてくる。まるで釣り針のよう。波動の間隔は一定ではなく、バネそっくりに伸長していた。

《おまえの仕事は、まだ終わっていない》

「えっ？」

エネルギー生命体の淡々とした声が脳裏《のうり》に響く。次元もなにもかもメチャクチャな空間を使って、どうやら声の主が、波動でしかない自分自身の一部を実体化させたらしい。その意図は明白だ。

伸長するサインカーブの一端へ、聖竜は約束の握手を交わすよう、がっしりつかまり握りしめた。途端、サインカーブがバネそのものと化して緩急《かんきゅう》をつけ、聖竜を曲線の端っこまで一気に引き上げる。

「わ、わわぁっ！」

驚く聖竜だったが、このときばかりは大好きな物理学の作用・反作用の法則を呪った。それは力を加えると、必ず反発する力が生まれるというもの。

時間さえあれば、わかり合えたかもしれないエネルギー生命体の一端だったサインカーブの図式が、反発力を受けマイクロ・ブラックホールへ突っ込んでしまったのだ。

まともに曲線が刺さっているので、事象《じしょう》の地平面は超えてしまっただろう。何者も絶対に逃げ出せない平面を超え、助けることは不可能だ。むろんじっくり関係を築いていくことも、なにもかも——。

音のない宇宙空間だけれど、呑まれたエネルギー生命体の幻の声を、しかと耳にした気がした。《あとは頼んだ》という、祈るような声を……。

立て続けに、歴史の資料館にあった「砂時計」そのものの状態で、莫大《ばくだい》な質量の月が激しくもだえるよう呑まれていった。こんなとてつもない質量は、まだ科学が及ぶ範囲の現象を引き起こす。ブラックホールの「蒸発」現象だ。

月が砕け散ってすべて呑まれたとき、マイクロ・ブラックホールもその質量によって封じ込められた。まさしくエネルギー源を失った道具類そのもの。重力が無限大の中心部特異点のゆくえは定かではなく「一次元（点しか存在しない世界）」へ仮説どおり移行したのか？

とんでもない吸引力は消え失せ、たとえは下手だが宇宙空間が「台風一過」さながらの静けさを取り戻した。しかし呑まれる運命だったガスやデブリ（岩屑《いわくず》）の大きな渦である吸着円盤は、炎の激しさを保ったまま煌々《こうこう》と輝きを放ち、残されている。

「光香《ひかり》？」

「もう一度、お嫁さんって呼んでくれたら、お姫様抱っこ、してあげる」

こんな声がそばで響き、僕の……その、彼女も無事らしい。地球は一部、大気の流出を起こした雰囲気だけれど、生の鼓動を感じさせてくる。電磁波など波動のエネルギーを「目覚めさせた」星雲の残骸《ざんがい》も漂っていて、あとは最後の仕事をしっかりやり遂げるだけだ。そんな直後。

《おおぉぉ、おのれ……よ、よくも、我らの計画をぉぉぉぉ》

「ウ、ウソだろう！」

突如《とつじょ》、おぞましい響きの声が頭に広まってきた。広まるどころか頭の中の色まで、闇に染めてしまう勢いがある。おそらく生き物の脳波をも、打ち消そうとしているんだ！

打ち消されたら考えも意識も、……愛する心もフラットにされてしまう。そんな思いもつかの間。

まず、たくましいフェニックス・ドラゴンから震えが伝わってきて、続けざま聖竜も目を見開き絶句してしまった。

「あ……あ、あ。そ、そんな」とおびえる間に、エネルギー生命体のうねる声を持ち、より巨大なオオカミ・ローグの姿をとる相手に、バクンとひと呑みされた。

グシャグシャとこちらを噛みつぶそうとする口蓋《こうがい》の圧力は、確かに感じる。相手はただのエネルギー生命体ではない。しかと肉体を持つ存在だ！

こんな変化は聖竜が狙っていた大仕事に近いが、性善説《せいぜんせつ》を信じた自身の考えが甘かったともいえる。おそらく命をかけて戦ってくれたローグは勝負を、負け寄りの相打ちに持ち込んだ。

しかしエネルギー生命体の性悪《しょうわる》な「質」は変えられず、ローグは自分自身の大半を奪われた――。

「あぁロ、ローグ……」

《このままぁぁぁ、お、おまえらをぉぉ、地球への生《い》け贄《にえ》とぉぉぉ、し、してやろうぞぉぉぉぉ》

威圧的《いあってき》な相手は地球へと向きを定めた。こちらを噛み砕こうとする元オオカミ・ローグの口はくちゅくちゅ動き続けている。散らばるエネルギーたちを、早くあの渦へ集めて圧縮しないと、大仕事は失敗に終わる。

複雑な暗算もへっちゃらだった光香《ひかり》と話したいけれど、考えを読まれる恐れが高い。運良く自分はフェニックス・ドラゴンのお嫁さんに抱かれ、手のひらがそばにあるから、これしか方法はない。

(このエネルギー生命体の波動を示す式を教えて)

指文字で彼女の手に書いたものの、通じただろうか？　通じていても、その先を意識すれば作戦が見抜かれてしまう。

（逆位相《ぎゃくいそう》）

ふと、こう追加して待ち、不安感が募ってきたときだった。悠然と咆哮《ほうこう》をとどろかすフェニックス・ドラゴン。

「で、できたの？」

「ええ！」

目を見張る聖竜。突然、宇宙の闇にクリスマスツリーのような、幾何学模様《きかがくもよう》と思《おぼ》しき波形《はけい》の輝きが現れる。とても、とても……美しい。そう、相手の攻め方に、攻略のヒントがあった。残存《ざんぞん》していた相手は脳波という、やはり波動の一種を「逆位相《ぎゃくいそう》」、つまり反転した形の波で打ち消そうとしたからだ。波動をフラットにしようとした。

なににせよ複雑な逆位相《ぎゃくいそう》の波形も、見切って暗算で数式化できる光香《ひかり》は、実はドラゴン型のロボットではあるまいか？　数式は剣より強しだ。続けて、死神をも始末するかのごとき、臓物をぶちまけるドロドロのうめき声が伝わってくる。

《ギャアァウゥウゥ！　わぁ我のぉぉぉお、エネルギーがぁぁあ、消えて、いきぃぃぃ。グッ。さ、最期の、刃《やいば》でぇぇえおまえをぉぉ！》

「させるかぁぁぁ！」

相手は、もはや虫の息だ。とっさに聖竜は民族衣装っぽい繊維から、刃どめとして編みこまれていた金属繊維をちぎって伸ばしていく。かすめるよう浮遊していた大型の岩塊《がんかい》へ接地させた。

バリ！　バリリ、ババリバリバリ！

それが俗にいう「アース」の働きをして電磁場系のエネルギーへ、引導《いんどう》を渡す結果となる。

《ぉぉおぉ、うぉぉおぉ……！》

エネルギー生命体たち元来の本能を刺激して、総意を変える結果にもなったろう。

「宇宙オオカミのローグ。仇はとったよ……」とささやくのも、わずかな間。かすかにあのうなるような、かすれ声が頭にやって来たから。フェニックス・ドラゴンの頭にも届いているようで、お互いに見つめ合ってうなずき、勝利と祝福の余韻に……、ひたれなかった。

（まだそなたはオオカミという姿にとらわれおって。まぁいい。わしらへの報酬《ほうしゅう》はもらえるんだろうな？）

「報酬《ほうしゅう》……。ええっと。僕の貯蓄電子マネーじゃ、とても……」

（そなたは常識人なのか、型破りなのか、わからんな。原始惑星系の形成には、中心核とチリ、そして分子雲のガスが必要になろう？）

ローグのほうこそ自分に、正直になれていない。もう彼は分子を振るわすくらいしかできないほど、ダメージを受けているのに一切ふれず、創世神《そうせいしん》になるのが「報酬」だといってくる。

間接的に最後の仕上げを、一緒にしようと呼びかけてきていた。

そうなのだ。太陽のような恒星系《こうせい》や地球のような惑星系の誕生には、一定の条件が必要になる。土台といっていい基礎となり得る中心部分として、核がひとつ。その核の重力に引かれ、ガス雲が集まっていく。その場には、活発な分子反応や凝縮《ぎょうしゅく》をうながす「エネルギー」の存在も欠かせない。

「もちろん……ガス雲は絶対、必要だな」

やがてガス雲の密度が高まり、固体となり、それは惑星の大地だ。残りは大気として地表《ちひょう》を取り巻き、エネルギーはさまざまな自然現象を引き起こし、有害な宇宙放射線から星を守る磁気シールドとしても働く。

こうして数十億年の歳月を経て原始惑星が産まれ、さらに数十億年かかって、最適な位置にある惑星なら生命体の芽吹きへつながるのだ。

目の前にはすでに十分立派な核となれる、マイクロ・ブラックホールの亡骸《なきがら》があった。さらにチリやガス雲も円盤を作って、今度は核を優しく包みこむよう囲いだしていた。エネルギーの量が膨大《ぼうだい》だったからか、原始惑星系の形成もすばやく進んでいる。

「僕たちの太陽系に……新たなる星が産まれるのか。誕生の瞬間だよ――」

「そうね……」

火花が散ったり、ガス雲の一部が変色したりしているところを見ると、エネルギー生命体たちも惑星創世の仲間に加わっているのは、確実だ。でもローグがその仲間に加わりたいということは、散《ち》り散《じ》りのガス雲と化し、個体としての意識は消えてしまうのではないのか？

（そんなのちっぽけなこと。命の誕生にかかわれるなぞ、わしは最高に幸せだ。せめて、お産《さん》婆《ば》役をやらせてくれないか？）

「ダメだ。ローグも地球へ戻るんだ！　第一、ローグは雄《おす》だろう？　お産婆《さんば》さんにはなれない！」

わめいたものの聖竜は本気で原始惑星系の形成や星の守り、命の誕生、こんな有意義な生きざまをエネルギー生命体たちには選んでほしかった。宇宙をラプチャーさせ、故郷と悟りの境地を目指すより、連中が願っていた創世神《そうせいしん》に出会える可能性はずっと高くなる。だけど――。

（むう、案ずるな。わしは常識外れにしぶといからな。ほら見ろ。わしらの地球がそなたたちを待ちわびているぞ。聖竜よ、大きなお方の尻に敷かれるな。では……しばし、さらばだ！）

「失礼ね！」と、がなった僕のフェニックス・ドラゴンは牙をいっぱいに見せつけていた。

精神的にも肉体的にも圧倒的なお嫁さんだ。はたして自分に「コントロール」できるだろうか。さすが一流情報コンサルタントの含蓄《がんちく》には、一理も二理もある……。

「聖竜、なんだか納得したような顔、してない？」

「そ、そそ、そんなことないよ。宇宙の神秘に思いを向けてたんだってば」

あんな言葉を最後に、いったんローグとはお別れになった。だがローグはいつだって的確な情報を教えてくれていた。世界中で新たなるエネルギー源が稼働し始めたためか、地球は自然の光と文明の輝きであふれ返っていたから。

力ワザでエネルギーを引き出していた時代は終わり、今後エネルギーの奴隷化《どれいか》といわれることもなくなる。化石になっていても機能するコンバート・エメラルドの研究も進むことだろう。現代世界も変革し、生まれ変わったのだ。

とくに着地地点を示す、光信号のビーコンが祝うよう、水滴そっくりな地球の一点より放たれていた。

「さぁ、原始惑星の形成劇は専門家にまかせて……。僕たちもひと息、入れようか？」

「はいはい。じゃあ背中へどうぞ。勇者さま聖竜。あたしが英雄《えいゆう》の帰還《きかん》を演出してあげるから」

「……英断したエネルギー生命体も含めて、この宇宙のみんなが……、英雄《えいゆう》なんだよ」

猛《たけ》る中心核をベースに、濃いガスの渦がどんどん大きくなっていく。そんな原始惑星創世シーンをバックに、聖竜をまたがらせた艶《あで》やかなフェニックス・ドラゴンがひと声、吠える。瑠璃色《るりいろ》の地球へ向けて、歓びの飛翔《ひしょう》を始め――。

エピローグ

ビーコンを放っていたのは、この身が住み、非常時の代表を務めた日本の都市部にある開閉式の超大型ドームだった。フェニックス・ドラゴンのお嫁さん、光香《ひかり》とともに旋回しながら舞い下りていく。

合成芝の上には、まるで三色に分けたように現代人間の列（おや？　深宇宙観測所の田之上所長以下、メンバーも来ているの？）と濃さに違いのある緑色の体をしたドラゴンたちの一群。

（メンデルの法則で優性遺伝、とどのつまり、こちらの世界でもドラゴンのままでいられる面々だな。いや、水中《すいちゅう》の業《ぎょう》をした面々か？）

そして、かりそめの姿だろうけど、大型の黒きオオカミの群れが集まっていた。きれいに色分けされているのはいい。でもそれでは、宇宙に預けてきた原始惑星系すら誕生させられない。

「たいへんだぁ。エネルギー生命体が襲ってきたぞ〜〜！」

声を大に聖竜は、すれすれの上空から叫んだ。まさしくオオカミ少年だ。途端に現場はざわめき立ち、分かれていた色がごちゃまぜになっていく。そう、これこそが聖竜の思い描いた今後の世界像で、それぞれの文明の機は十分熟していると考えていた。

雅《みやび》なフェニックス・ドラゴンが前面のひな壇に降り立つと、予想に反して「ドラゴン」の一群から、どよめきが起こった。死角の首筋と背を、他者に許していることに驚いているのだろう。

だけど異種族とか姿とかなんて抜きに「友」になれれば、この身以外にも「ドラゴン・ライダー」は現れるに決まっている。まずは怖がらず、握手するところからスタートだ。お互い、内心では興味津津《しんしん》のはずだから……。

現代世界の人間もぎりぎり「おもてなし」の心で異種族、はっきり言えば他の知的生命体とのファースト・コンタクトに耐えしのんでいる感じ。ただ、こんなぎこちなくて恐怖心からできるカベは、ジャマになるだけだ。これもゆっくりでいいから、信頼関係のパワーで消し去ってやればいい。

そんななか、この青色ベースの地へ、赴いてきてくれた「勇者たち」から、聖竜と光香《ひかり》は喝采の祝福を受けた。光香《ひかり》の父もほほ笑み、まじっている。あぁぜひローグにも、ここに居てほしかった……。

不意に聖竜は、偶然か否か複雑な面持《おもも》ちをした明蘭、ドラゴン状態ではライト、その拍手する姿を見つめてしまう。

あの「ライト」こそ、なりゆきはともかく、こんな身へ初めて優しく接して、ドラゴンとの甘い時間を叶えてくれた〝ひと〟だ。さらに光香《ひかり》の姉さんなので、契《ちぎ》りを交わしたからには本当の義姉さんになっている。

（ライト……）

どうしてそんな顔をしているの――？

気にはなったものの一度、種族間のきずなをアピールする意味合いを込め、フェニックス・ドラゴンでいる光香《ひかり》の体と、体格差抱擁《ほうよう》を交わしてみせる。続けて「七色空間縦断ゲートの設置計画」を口にしていった。

もはやここのみんなには、空間の基本周波数《しゅうはすう》の違い（要するに世界の色の違い）でカベを作り、別れて暮らす時代は過去のものになり下がった。今回たまたまこの国、主体で災害回避が進んだものの、以降は全世界共通で文明を華やかにしていく。

いつでも異国旅行感覚で往来できるゲートを、世界のあちこちに作るのだ。

それがみんなの道になるまで、時間はかかるかもしれない。けれど、こうして親交を深めておけば「三本の矢」の格言どおり、未曾有《みぞう》の天変地異に、再び見舞われようとも、みんなの力で乗り越えていける。

「あらら、聖竜は根っからのドラゴン好きだから、浮気する格好のルートができたわね」

「いきなり皮肉かよ！」

顔をしかめて腕を振るい、突っぱねたが「物質生命体・最強」となりそうな、こんなお嫁さんに、尻に敷かれるのは「情報戦」どおり時間の問題かもしれない。こんなところへ、スーツ姿で強面《こわもて》の政府筋っぽい男性が、咳払いして会話に割り込んでくる。

「貴殿《きでん》は事件解決の功労者だとは認める。だが縦断ゲート？　そこまで実行させる権限は残念ながら……」

「僕にはこれがあります」

やや高圧的に出てきた男性には、託された「紙面による委任状」をしっかり見せつけてやった。こんな公の場で、みんなが見聞きする場で、プランはぶちまけたから、それを実現させるのは、お偉いさんやお役人の仕事となろう。

ともあれ祝賀会は続き、解放されたのは夜も更けた頃だった。

個人研究所はこっぱみじんになっている。そのため本格的な研究所が建てられるまで、聖竜は浮草生活へ戻った。このほうが気楽でいいし、まだまだ騒がしい世間からの雲隠れだ。

しかし、いずれ再就職となったら、まず光香《ひかり》のご両親への正式なごあいさつが必要だ――。

そして自分の両親探しや、やっぱり変身できない自分自身の謎、強力なダークマターの本格的な研究が待っている。ほんのひとときの休息だ。

今夜は河原を掘れば温泉ができあがる、川辺でのキャンプとなった。さすがにフェニックス・ドラゴンの格好は大きすぎるので光香《ひかり》には「ドラゴン」姿になってもらう。当の〝ひと〟はかなり不服そうだけど……。

「あたし、人間の姿にも慣れてるの。なのに聖竜のドラゴン・フェチは相変わらず。この姿でこんな野宿ばっかし！」

「訂正だ。これはキャンプ。それと夜空で渦巻く原始惑星形成の過程を観測してるんだ。最後にドラゴン・フェチっていうのは、……こう！」

理路整然と言葉を並べていた聖竜は、ふてくされたように寝転がる無防備なドラゴンの、しなやかなウロコの腕へダイブしてしまう。わずかに驚きの「咆哮《ほうこう》」が聞こえたけれど、この身のかけがえのないお嫁さんは、野性味いっぱいの腕でハグに応じてくれる。

どんなに激しくてもドラゴンのパワーで、全身を丸ごとぎゅっと受け入れてくれる！

「ねぇ、光香《ひかり》？　おとぎ話って、あなどれないよね。僕はまさかのドラゴンに今、この瞬間も抱かれているんだから」

「そうね。でもあれはドラゴンに、すりすり甘えまくるお話じゃなかったわ」

「じゃあ、あのお話の続きはどうなってたんだろう？」

ふと聖竜が顔をあげたところ、最愛の〝ひと〟が「こうなってたわよ」と蜜《みつ》のようにささやき、そっとマズルから口先、そのまま口を深く重ねるキスというステキな答えを教えてくれた。

すでにお互い甘美なときを味わうのに、ためらいも遠慮もない。

「ん……んんぁっ」

そういえば光香《ひかり》は、いつか存分《ぞんぶん》にフェチらせてあげるとか言ってたっけ？

（おいよ。おとぎ話の「ドラゴン」は雄《おす》、乗り手は少年だったぞ。性の多様性は認めるがな）

まるでローグの念そっくりな思いが頭に浮かんだけれど、まぁそれはそれ。これはこれ。相思相愛なドラゴンとのパワフルな夜を、大いに楽しもう――。


同じ頃、深宇宙観測所では、あり得ない反応が確認されていた。まだまだ、ガス雲の渦巻く塊でしかないあの場所に、生命体反応が現れたのだ。スクリーン表示を見、白衣の田之上所長はアゴに手をやった。

「よもやエネルギー生命体が再集結しているのでは？」

「いいえ、反応の具合が違っています！」

女性オペレータが応じてきたとき、コツコツ足音を立ててスマートな明蘭が近づいてくる。続けざま彼女はさらりと、驚異的な答えをもたらした。

呆然《ぼうぜん》となる田之上所長だったが、これから先はきっと、見守ってくださっている創世神《そうせいしん》に任せるべきだろう――。


〈了〉

米村貴裕（よねむら・たかひろ）

1974年　横浜生まれ
2001年　近畿大学在学中に有限会社イナズマを起業
2003年　近畿大学大学院にて博士（工学）号取得、大学院修了
2006年　『パソコンでつくるペーパークラフト２』（紙龍）が文化庁メディア芸術祭「審査委員会推薦作品」に認定
2007年　『やさしいC＋＋ Part2』が文化庁・メディア芸術祭にノミネート
2012年　論文誌NICOGRAPHに紙龍の研究成果が掲載される
現　在　有限会社イナズマ取締役　大学非常勤講師
ペーパークラフトやIT事業、ビジネス・実用書、ＳＦ文芸書籍の執筆など幅広く活動。

『やさしいC++ Part2』『やさしいJava』『パソコンでつくるペーパークラフト3』（工学社）
『これができたらノーベル賞』（本の泉社）
『ビースト・コード』『ビースト・ブレイン』（リトル・ガリヴァー社）
『カンタン。タノシイ。カッコイイ。小学生からのプログラミング　Small Basicで遊ぼう!!』（みらいパブリッシング）
ほか著書多数（60冊）

ビースト・ゲート
『獣《けもの》たちの開拓者《かいたくしゃ》』

2018年1月11日　初版第1刷

著者　米村貴裕

発行人　松﨑義行
発行　みらいパブリッシング
東京都杉並区高円寺南4-26-5 YSビル3F 〒166-0003
TEL03-5913-8611　FAX03-5913-8011
http://miraipub.jp　E-mail : info@miraipub.jp
発売　星雲社
東京都文京区水道 1-3-30 〒112-0005
TEL03-3868-3275　FAX03-3868-6588
イラスト　まだらお
企画編集　田中英子
印刷・製本　株式会社上野印刷所
落丁・乱丁本は弊社宛にお送りください。
送料弊社負担でお取り替えいたします。

ISBN978-4-434-24170-3 C0095